MCP BOOKS

MCP Books
2301 Lucien Way #415
Maitland, FL 32751
407.339.4217
www.millcitypress.net

Paperback ISBN-13: 978-1-6628-2741-9

[illegible]

[illegible]

[illegible]

[illegible]

[illegible]

[illegible]

[illegible]

Ꮆυɛᗰ ɫλonνλ λɛ ƶᗰɛϙ ПɫɄ ϙlɯ nᗰ#ɛıʟПɯɫПɔ, ɫλɛ ᗰċψɫλ ၄ɫПʟʟ
ɔonʟxᗰ'ɫ ၄λıƶɛ ɫλɛ =ɛı# ı ɫλɛ /ɔƶ o= λПɯ λɛıx ɫλıɫ ၄oψɛɫλПᗰν
ϙonʟx ɛᗰx ᶇꝭ λıꝭꝭɛᗰПᗰν ϙПɫλ λПɯ =ıλɛ#. <oᗰɯПxɛ#Пᗰν ɫλıɫ
λПɯ xıx, Пυıᗰ <#oɫıʟ, ϙlɯ ʟПɯɫɛx lɯ oᗰɛ o= ɫλɛ oᗰʟċ ʟПυПᗰν
#ɛʟıɫПυɛɯ o= λПɯ, ɫλɛ o#ꝭλıᗰıνɛ ϙonʟx ψoɯɫ ɔɛ#ıɫПᗰʟċ #ɛıɔλ onɫ
ɫo ɫλɛ ψıᗰ ıᗰx Пᗰ=o#ψ λПψ o= Ф#ψɛʟʟ'ɯ ɛυıɔnıɫПoᗰ ၄ɫınɯ.
Oıɔƶ̄Пɛ
ᗰɛ#υonɯʟċ =#ɛıɫɛx, ၄ɔ#ıɫɔλПᗰν λПɯ =ПᗰνɛʟᗰıПʟɯ ıʟoᗰν ɫλɛ
ɔoυɛ# o= λПɯ onʟ#ᗰıʟ Пᗰ ı ၄ɫ#ɛɯɯɯɛx, #λċɫλψПɔ ꝭıɫɛ#ᗰ.

ᏰoɫλПᗰν ၄ɔı#ɛx λПψ ψo#ɛ ɫλıᗰ ɫλПɯ ɫλonνλɫ. Xɛɯꝭɫɫɛ ɫλɛ
=ıɔɫ ɫλıɫ λПɯ =ıλɛ#, ıᗰ ɛǂɫ#ɛψɛʟċ ၄nɔɔɛɯɯɯ=nʟ ɔλɛψПɯɫ ıᗰx
ПᗰυɛᗰɫoƁ ɫλo ϙlɯ #ɛɯꝭɛɔɫɛx ıʟʟ ı#onᗰx ɫλɛ νʟo-ɛ =o# λПɯ
၄ɔПɛᗰɫП=Пɔ ıɔλПɛυɛψɛᗰɫɯ, λıx ıʟ#ɛıxċ xПɯoϙᗰɛx ɫλɛ ċonᗰν
=ıП#ċ =o# ıʟʟ o= λПɯ oυɛ#ɫλɛʟψПᗰν =ıПlɯ, Oıɔƶ̄Пɛ #ɛψıПᗰɛx
=ɛı#=nʟ o= λПɯ xıx Пᗰɫo ɫλɛ ꝭ#ɛɯɛᗰɫ xıċ. ɫλɛċ λıxᗰ'ɫ ɛᗰνıνɛx
Пᗰ ı xП#ɛɔɫ ПᗰɫɛᗰıɔɫПoᗰ ϙПɫλ oᗰɛ ıᗰoɫλɛ# ၄Пᗰɔɛ ɫλɛ ꝭlɯɯПᗰν
o= λПɯ ψoɫλɛ# ı#onᗰx =on# ċɛı#ɯ ꝭ#Пo#, ċɛɫ ɫλɛ ψıᗰ'ɯ
ꝭПɛ#ɔПᗰν, onxνɛψɛᗰɫıʟ νʟı#ɛ ၄ɫПʟʟ #ɛψıПᗰɛx ʟoxνɛx ʟПƶɛ ı
xıννɛ# Пᗰ ɫλɛ ᗰċψɫλ'ɯ ɔλɛɯɫ, ၄λċɫПᗰν ꝭıПᗰ ɫλ#onνλonɫ λПɯ
၄onʟ ϙПɫλ ɛυɛ#ċ /#ɛıɫλ λɛ ɫoƶ)Ꮆᗰx#ɛxɯ o= =ınʟɫċ ıᗰx oᗰɛ#onɯ
ɯꝭɛɔɫɯ o= λПψɯɛʟ= ɔoᗰɯɫıᗰɫʟċ #ɛ=ʟɛɔɫɛx /ɔƶ ı Oıɔƶ̄Пɛ
ɫλ#onνλ ɫλɛ Пɔċ, xПɯıꝭꝭoПᗰɫɛx νıƨɛ o= λПɯ =ıλɛ#, ıᗰx ПɫɄ ϙlɯ
ıʟʟ λɛ ၄ıϙ Пᗰ λПɯ xıПʟċ ʟП=ɛ.

)Ꮆɛ λıx ɔıᗰ#Пɛx ɫλɛɯɛ /n#xɛᗰɯ ϙПɫλ λПψ ၄Пᗰɔɛ ɫλɛ xıċ o=
λПɯ /П#ɫλ. Ꮆυɛ#ċɫλПᗰν λıx /ɛνnᗰ ɫλɛ υɛ#ċ Пᗰɯɫıᗰɫ λɛ
ɛᗰɫɛ#ɛx ɫλПɯ ϙo#ʟx, #Пνλɫ ɫλɛᗰ ɫλɛ xoɔɫo#ɯ ϙɛ#ɛ nᗰı-ʟɛ ɫo
ɫɛʟʟ Пυıᗰ ɫλɛɫλɛ# λɛ λıx ı ၄oᗰ o# ı xınνλɫɛ#. Onɫ#λɛ# ɫɛɯɫПᗰν
ϙonʟx /ɛ #ɛbnП#ɛx ၄nɔλ nᗰɔoᗰυɛᗰɫПoᗰıʟ ᗰɛϙɯ λıx ɛᗰ#ıνɛx ɫλɛ
ψıᗰ, ıᗰx lɯ Oıɔƶ̄Пɛ ν#ɛϙ ᶇꝭ xПɯɫıᗰɫ =#oψ λПɯ xıx, λПɯ ı-ᗰo#ψıʟ
/ɛλıυПonɯ, ʟɛı#ᗰПᗰν ၄ɫ#nννʟɛɯ, ıᗰx ɫ#on-ʟɛɯ ϙПɫλ ၄ɔλċʟ
oᗰʟċ =n#ɫλɛ# ၄onʟxП=Пɛx λПɯ =ıλɛ#'ɯ xПɯıꝭꝭ#oυıʟ o= λПψ.

Oıɔƶ̄Пɛ ıɫɛψꝭɫɛx ɫo ၄ċɫλɛ λПψɯɛʟ=,
၄λıƶПᗰν ıПċ ɫλПɯ =ıψПʟПı# ɔλıПᗰ o= ᗰɛνıɫПυɛ ɫλonνλɫɯ lɯ λɛ
ᗰɛɯɫʟɛx /ɛᗰɛıɫλ ɫλɛ ɔoυɛ# o= λПɯ /ɛxɯλɛɛɫɯ.

ϚΠⵡƐⱮↃΠⱮ⅄ ƛΠɯ ǂⵊↃΠⱮ⅄ ψΠⱮX, ɬƛƐ =ⵊΠǂ̈ ʌⱮ⸕ΠⵡⵡΠⱮ⅄ⵡ̈ =•ǂↃƐX ƛΠɯ Ɛ̈Ɛɯ ɬ• Ϛƛʌɬ, /ⵊⱶⵡΠⱮ⅄ ɬ• ϚↃⵊⱶƐǂ ⵊⵡⵡ ɬƛƐ Ↄ̈ⱮΠↃΠɯψ ɬƛⵊɬ Ϛ⸕ⵊǂψƐX ⵊǂ•ʌⱮX ƛΠɯ /ǂⵊΠⱮ. 4ƛƐ ɬⵊɯƨ ⸕ⵊɯ XΠǂΠↃʌⵡɬ, /ʌɬ ƐᴜƐⱮɬʌⵊⵡⵡ̈, ɬƛƐ /ʌǂXƐⱮɯ •= ɬƛƐ Ↄ•ⱮɯↃΠ•ʌɯ ⸕•ǂⵡX =ⵊXƐX ⵊǂ•ʌⱮX ƛΠψ, ɬƐψ⸙•ǂⵊǂΠⵡ̈ ƛⵊⵡɬΠⱮ⅄ ɬƛƐΠǂ ϚɬǂΠXƐⱮɬ ϚↃǂƐⵊψɯ =•ǂ ɬƛƐ ⱮΠ⅄ƛɬ. ϚⵊXⵡ̈, ɬƛΠɯ ϚɬⵊƐ •= •–ⵡΠᴜΠ•Ɱ ⸕•ʌⵡX •Ɱⵡ̈ ⵡⵊɯɬ ʌⱮɬΠⵡ ɬƛƐ ⱮƐǂɬ ɬⵊǂΠⱮ⅄ Xⵊ̈ ⵊǂǂΠᴜƐX, ⵊⱮX ⵊⵡⵡ ɬƛƐ ʌⱮↃƐǂɬⵊΠⱮɬ̈ ƛƐ =ⵊↃƐX ⸕•ʌⵡX ɬƛƐⱮ ψⵊƨƐ Πɬɯ ⸙•⸕Ɛǂ=ʌⵡ ǂƐɬʌǂⱮ.

Ꞩꞑ#ꝭ#Πɯɛ, Πɫ ᛘɪɯ ɪʍʍꞑʍɔɛx ꝋᴜɛ# /#ɛɪƨ=ɪɯɫ ɫʎɫ Ꞩꝋψɛ ɪꞑʍɫɯ,
ꞑʍɔɯɛɯ, ɪʍx ᴦ#ɪʍxꝭ#ɛʍɫɯ ʎɪx ɪᴦ#ɛɛx ɫꝋ ɫɪƨɛ Πʍ ɪ ʎɪʍx=ꞑɯ ꝋ=
ɫʎɛΠ# ꝋᛘʍ /ɯꝋxɯΠʍɛ =ꝋ# Ꞩʎꝋ#ɫɫɛ#ψ ʎꝋꞑɯΠʍᴦ. 4ʎɛ ʍɪψɛɯ ꝋ=
ɫʎꝋɯɛ ᛘʎꝋ ᛘɛ#ɛ ᴦꝋΠʍᴦ ɫꝋ /ɛ #ɛɯꝋɔɪɫɛx ɛɯɯɛᛘʎɛ#ɛ ᛘɛ#ɛ ɯΠɯɫɛx
ꝋ# ɫʎɫ ψꝋ#ʍΠʍᴦ, ɪʍx Πʍ ɪɯɯ ʎꝋʍɛɯɫꝋ, Oɪɔƨ Πɛ ʎɪx /ɛɛʍ
ɪɯɫꝋʍΠɯʎɛx ᛘʎɛʍ ʎΠɯ ʍɪψɛ ᛘɪɯ ɔɪɯɯɛx ꝋꞑɫ ɫꝋ.

ɪɫ =Π#ɯɫ ʎɛ xΠxʍ'ɫ ƨʍꝋᛘ ʎꝋᛘ ɫꝋ ᛘꝋƨ ʍΠƨ ɫꝋ ꝭ#ꝋɔɛɯɯɯ ɫʎɛ Πʍ=ꝋ#ψɪΠꝋʍ,
/ꞑɫ ɫʎɛʍ, ꝋʍɔɛ ɪɯɯ ɫʎɛ ꝋꝋꞑʍᴦ ɫɛɛʍɯ Ꞩɔɪɫɛ#ɛx =#ꝋψ ɫʎɛ ψɛɛɫΠʍᴦ
ɪ#ɛɪ ɫꝋ /ɛᴦΠʍ ꝭɪɔƨΠʍᴦ ꞑꝭ ɫʎɛΠ# /ɛɯꝋʍᴦΠʍᴦɯ, ɪ ꞨΠʍᴦɯɛ Ꞩɫɪ#
ψɛψ-ɛ# ɔɪψɛ ꞑꝭ ɫꝋ Oɪɔƨ Πɛ ɪʍx ɯɛɫ ʎΠψ ƨʍꝋᛘ ɫʎɫ ɫʎɛꝋ ʎɪx Ꞩꝭꝋƨɛʍ
ᛘΠɫʎ ʎΠɯ =ɪɫʎɛ#. Πψψɛx Πɪɛɯꝋ, ɫʎɛ ʍꝋψꝭʎ'ɯ /ꝋxꝋ ʎɪx ᴦ#ꝋᛘʍ ɔꝋɯx,
ɪʍx ɫʎɛ #ɛɯɫ ꝋ= ᛘʎɫ ɫʎɛꝋ ꞨΠx ɫꝋ ʎΠψ Ꞩɛɛψɛx ɫꝋ ɛɯɔɪꝭɛ ʎΠɯ
ψɛψꝋ#ꝋ.)(ꝋᛘɛᴜɛ#, ɫʎɛ ᴦΠɯɫ ꝋ= Πɫ ᛘɪɯ, Πᴜɪʍ ʎɪx ʍꝋɫ ꝋʍɯꝋ
ɪʍɯᛘɛ#ɛx ɫʎɛ ɫɛɯɛꝭʎꝋʍɛ ɪʍx ɔꝋʍᴜɛ#ɯɛx ᛘΠɫʎ ɫʎɛ ꝋ#ꝭʎɪʍᴦɛ, /ꞑɫ ʎɛ
ʎɪx ɪɯɯꝋ ɪɔɔɛꝭɫɛx ɫʎɛΠ# #ɛbꞑɛɯɫ ꝋ= ɫ#ɪʍɯ=ɛ##Πʍᴦ ɔꞑɯɫꝋxꝋ ꝋᴜɛ#
ɫꝋ ʎΠψ. 4ʎΠɯ /ɪψ-ꝋɯɯɛx Oɪɔƨ Πɛ Πʍ ɛᴜɛ#ꝋ ᛘɪꝋ, /ꞑɫ ψꝋ#ɛ ɫʎɪʍ
ɪʍꝋɫʎΠʍᴦ, Πɫ #ɪɫɯɛx ʎΠψ ɫꝋ ʎΠɯ ɔꝋ#ɛ.)(ɛ xΠxʍ'ɫ ꞑʍxɛ#ɯɫɪʍx

Πɛɪɔ ʎΠʍᴦ ɪ bꞑɪƨΠʍᴦ ʎɪʍx Πʍɫꝋ ʎΠɯ ꝭꝋɔƨɛɫ, ɫʎɛ =ɪΠ#ꝋ ɯɛɪʍɛx
ɪᴦΠʍɯɫ ɫʎɛ ᛘΠʍxꝋᛘ ꝋ= ɫʎɛ /ꞑɯ ɪʍx Ꞩʎɪƨ Πɯꝋ #ɛψꝋᴜɛx ɪ Ꞩψɪɯɯ
ꝭΠɯɯ =#ꝋψ ɪ ɯΠꝭꝭɛx, ꝭɯɪɯɫΠɔ /ɪᴦ. Φꝋꝭꝭ Πʍᴦ ɫʎɛ ψɛxΠɔΠʍɛ Πʍɫꝋ
ʎΠɯ ψꝋꞑɫʎ, Oɪɔƨ Πɛ ʍɛ#ᴜꝋꞑɯɯꝋ ɛꝋɛx ɪ#ꝋꞑʍx ɫʎɛ ψꝋᴜΠʍᴦ ᴜɛʎΠɔɯɛ
ɪɫ ɪɯɯ ꝋ= ʎΠɯ ꝭɛɛ#ɯ /ɛ=ꝋ#ɛ Ꞩᛘɪɯɯꝋᛘ Πʍᴦ ɫʎɛ ɪʍ≠Πɛɫꝋɫ#ɛɯΠɛɯΠʍᴦ
Ꞩꞑ-ɯɫɪʍɔɛ xɪꝋ. Ꞩꞑɛ#ꝋ Ꞩɛɪɫ /ɛɯΠxɛ ʎΠɯ ꝋᛘʍ ᛘɪɯ ꝋɔɔꞑꝭΠɛx /ꝋ ɫᛘꝋ
ꝋ# ψꝋ#ɛ ꝭɛꝋꝭɯɛ, /ꞑɫ #ɛᴦɪ#xɯɛɯɯ ꝋ= ɫʎɛ ꞑʍɯꞑ-ɫɯɛ ɪꞑΠxɪʍɔɛ, ɫʎɛ
ʍꝋψꝭʎ ɪɫ ɯɛɪɯɫ ʎɪx #ꝋψ /ɛɯΠxɛ ʎΠψɯɛɯ= ꝋʍ ɫʎɛ ɔꞑɯʎΠꝋʍɛx
/ɛʍɔʎ ɫꝋ #ɛɯɫ ʎΠɯ /ɛɯꝋʍᴦΠʍᴦɯ. 4ʎΠɯ ᛘɪꝋ, Oɪɔƨ Πɛ ɔꝋꞑɯx ƨɛɛꝭ ɪ
ɔɯꝋɯɛ ɛꝋɛ ꝋʍ ʎΠɯ Πψꝭꝋ#ɫɪʍɫ ɫʎΠʍᴦɯ ɪʍx ψɪƨɛ Ꞩꞑ#ɛ ɫʎɛꝋ xΠxʍ'ɫ
ᴦꝋ =ɪɯΠʍᴦ ɪ#ꝋꞑʍx ꝋʍ ɫʎɛ =ɯꝋꝋ# ꝋ= ɫʎɛ /ꞑɯ.

Ꞩɛɔꝋʍxɯ ɫΠɔƨɛx /ꝋ ɪɯ ɫʎɛ =ꝋ#ɛɯɫɯ Ꞩꝭɛx ꝭɪɯɫ ɯΠƨɛ ɪ /ɯꞑ#,
ɪʍx Ꞩꝋʍ, ψΠʍꞑɫɛɯ ɪʍx ɛᴜɛʍ ʎꝋꞑ#ɯ ɛɯɔɪꝭɛx ʎΠψ. 4ʎɛ ᛘꝋ#ɯx
xɛᴜꝋɯᴜɛx Πʍɫꝋ ɪ ʎɪɯɛ ɪ#ꝋꞑʍx ɫʎɛ =ɪΠ#ꝋ, ɪʍx Oɪɔƨ Πɛ'ɯ ʎɛɪ#ɫ
ꝭꝋꞑʍxɛx =ꝋ# ɫʎɛ ɛʍɫΠ#ɛ xꞑ#ɪɫΠꝋʍ ꝋ= ʎΠɯ ΠɯɯꝋɯΠɫɛx ɫ#Πꝭ ꝋʍ ɫʎɛ
/ꞑɯ. ɪɯɯ ʎɛ ɔꝋꞑɯx xꝋ ᛘɪɯ Ꞩɫɪ#ɛ ᛘΠɫʎ ɯɪ#ᴦɛ, Ꞩɯɛɛꝭɯɛɯɯ ɛꝋɛɯ ꝋꞑɫ
ɪɫ ɫʎɛ ψꝋᴜΠʍᴦ Ꞩɔɛʍɛ#ꝋ ɪ#ꝋꞑʍx ʎΠψ, ɪʍx ʎΠɯ ɪʍ≠Πɛɫꝋ ꝋʍɯꝋ
ɔꝋʍɫΠʍꞑɛx ɫꝋ /ɯꝋɯɯꝋψ ᛘΠɫʎ ɫʎɛ ꝭɪɯɯɯΠʍᴦ ψꝋψɛʍɫɯ xɛɯꝭΠɫɛ
ʎΠɯ ɛ#ꝋ#ɫɯ ɫꝋ Ꞩɫɪψꝭ Πɫ ꝋꞑɫ. 4ʎꝋꞑᴦʎ ʎΠɯ =ɛɪ#=ꞑɯ ɪʍɫΠɔΠꝭɪɫΠꝋʍ

was eventually laid to rest as the bus, about four stops later, came to a bend in the road and pulled to the side, signifying that another one of the orphans would soon be released. Furthermore, Jackie nearly fainted with all the stars that filled in his vision when the announcement was verbally made.

"Jackie Portal, this is your stop!"

One of the adults at the front of the bus hollered her words back to the nymph, and a massive wave of adrenaline flooded Jackie's veins as she uttered the first sentence that had been directly spoken to him that trip.

Staggering to his feet on unsteady legs, the vehicle came to a complete stop, and the nymph inelegantly rounded up his backpack. Quietly, he stepped out into the aisle, keeping his head lowered while he dragged himself forward. Jackie could sense the other boys, though they didn't lay eyes on him, instinctively recoiling as he slouched by, but he paid no heed to their physical retreat. In fact, upon nearing the front of the bus, there was even a brief, ephemeral second where Jackie experienced a wave of relief washing over him.

All of his peers, those who had never been bothered to so much as glance it him +let alone acknowledge his mere existence + would be gone from his life at least, for the time being.

It was a maddening curse that Jackie endured every single day, having to navigate his whole life without real interaction with others. He had no positive social relations, but also no negative ones, and this drove him insane. Where he stood, there was simply nothingness. Sometimes, the nymph would become so desperate, he'd even wish for bullies to harass him, because then, he could know he was still alive and that he wasn't invisible like he feared. But no matter, as things currently were, he often doubted if his consciousness, flesh and blood truly existed after all, he constantly watched how people cared for one another around him, but when it came to himself, everything wasted away into lies and deceit.

4ƛƐ =ІΠǂ∪̈ ⋔ƐᑌƐǂ =ƐЦɬ ψoǂƐ ІЦo⋔Ɛ ɬƛI⋔ ϮƛƐ⋔ ƛƐ Ϯłɯɯ Іǂo∩⋔X oɬƛƐǂ ƛ∩ψІ⋔oΠXɯ.

⋜ǂƐƐ⅄Π⋔ᒪ ɬo ɬƛƐ ƐXᒪƐ o= ɬƛƐ /∩ɯ, OIᑐƵΠƐ ϚɬǂoXƐ ⅄łɯɬ ɬƛƐ ϚɬІǂ ψƐψ–Ɛǂ Ϯƛo ƛIX ᑐІЦЦƐX oɳɬ ɬo ƛΠψ, ɬƛo∩ᒪƛ ƛƐǂ ⋔ІψƐ Ϯłɯ⋔'ɬ Ϯoǂɬƛ ǂƐψƐψ–ƐǂΠ⋔ᒪ.)(Ɛ ǂo∩⋔XƐX ɬƛƐ ɬ∩ǂ⋔ ɬƛIɬ ЦƐX ɬo ɬƛƐ IoIǂ Xo∩–ЦƐ X∪̈ǂɯ o= ɬƛƐ /∩ɯ, /∩ɬ ɳ⅄o⋔ ⅄ƐƐ⅄Π⋔ᒪ oɳɬ ɬƛǂo∩ᒪƛ ɬƛƐ o⅄Ɛ⋔Π⋔ᒪ ɬƛIɬ ІⅠΠɬƐX ƛΠψ, OIᑐƵΠƐ'ɯ ϚɬoψIᑐƛ ƛІǂɯƛЦ∪̈ Xǂo⅄⅄ƐX, І⋔X ɬƛƐ ɬ∩⋔⋔ƐЦ ᑌΠɯɬΠo⋔ ɬƛIɬ ᑐЦo∩XƐX ƛΠɯ ψΠ⋔X =ЦІǂƐX Π⋔ Π⋔ɬƐ⋔ɯΠɬ∪̈. 4ƛƐǂƐ, ϮΠɬƛΠ⋔ᒪ o∩ɯɬ /Ɛ∪̈o⋔X ɬƛƐ X∪̈ǂɬІ∪̈, Ϯłɯ ⋔oɯƐ oɬƛƐǂ ɬƛI⋔ ƛΠɯ =IɬƛƐǂ, І⋔X ƛƐ Ϯłɯ IᑐᑐoΨ⅄І⋔ΠƐX /∪̈ І ϚɬǂІ⋔ᒪƐ ψI⋔ ɬƛIɬ OIᑐƵΠƐ XΠX ⋔oɬ ǂƐᑐoᒪ⋔Πɯƺ.

ʘǂƐƐɬΠ⋔ᒪ =oǂ ϮƛIɬ ϚƐƐψƐX ЦΠƵƐ I ⅄ІǂІЦ∪̈ɯΠ⋔ᒪ ƐɬƐǂ⋔Πɬ∪̈, ɬƛƐ ⋔∪̈ψ⅄ƛ oᒪЦƐX ƛΠɯ XІX ϮΠɬƛ ǂo∩⋔X, ᒪǂƐ∪̈+/Ц∩Ɛ Ɛ∪̈Ɛɯ. ΠЦІ⋔ Ϛɬ∪̈X o∩ɯɬ ɬƛo ψƐɬǂƐɯ ІⅠ∪̈ ϮΠɬƛ ƛΠɯ Іǂψɯ =oЦXƐX, ǂƐɯɬΠ⋔ᒪ ɬƛƐψ Іo⅄ ƛΠɯ =Іɬ, /∩⋔ↄƐǂ∪̈ ᒪ∩ɬ, І⋔X ƛΠɯ ᑐoЦX, ⅄Ɛ⋔ƐɬǂIɬΠ⋔ᒪ ϚɬІǂƐ /ƐІψƐX oɳɬ =ǂoψ /ƐƛΠ⋔X ɬƛƐ ᑐo∪̈Ɛǂ o= I ⅄Π⋔ǂ o= ƐЦЦΠ⅄ɬΠᑐIЦ, ϮΠǂƐɬ=ǂІψƐX Ϛ⅄ƐᑐɬIᑐЦƐɯ. 4ƛƐɯƐ ᒪЦІɯɯƐɯ ϚІɬ oΠ ɬo⅄ o= ƛΠɯ ǂo∩ɯ∪̈ ⋔oɯƐ, ϚƛIXƐX /∪̈ Ϯł∪̈ ϚɬǂІ⋔Xɯ o= XΠɯɬΠ⋔ᑐɬ, Іη–∩ǂ⋔ ƛIΠǂ ɬƛIɬ ᒪǂƐІɬЦ∪̈ ǂƐɯƐψ–ЦƐX OIᑐƵΠƐ'ɯ. 4ƛƐ ψI⋔'ɯ Ɛ⌗⅄ǂƐɯɯΠo⋔ Ϯłɯ ∩⋔ǂƐІXІ–ЦƐ ᒪΠᑌƐ⋔ ɬƛƐ /∩ɯƛ∪̈ ψo∩ɯɬIᑐƛƐ ɬƛIɬ ϚІɬ Іo⅄ ƛΠɯ ɳ⅄⅄Ɛǂ ЦΠ⅄, Іɯ Πɬ ϚƛΠƐЦXƐX I ᒪƐ⋔ƐǂIɬΠo⋔ ⅄oǂɬΠo⋔ o= ƛΠɯ =IᑐƐ =ǂoψ ϚΠᒪƛɬ.

ᒪ∩ЦЦΠ⋔ᒪ ϮƛƐ⋔ ƛƐ ЦooƵƐX Ɛ∪̈Ɛɯ ϮΠɬƛ ƛΠɯ XІX, OIᑐƵΠƐ =oǂᑐƐX ƛΠɯ ЦƐᒪɯ ɬo ƵƐƐ⅄ ψoᑌΠ⋔ᒪ, І⋔X ƛƐ XƐɯᑐƐ⋔XƐX ɬƛƐ ϚɬІΠǂɯ o= ɬƛƐ /∩ɯ ⋔Іɬ∩ǂЦ∪̈ ƛΠɯ /∪̈ɬƛɯ ɬo∩ᑐƛƐX Xo⋔⋔ oɳɬo ᒪǂІɯɯ∪̈ ᒪǂo∩⋔X.)(Ɛǂ Ɛ, ɬƛƐ Π⋔ɬƐXΠɬƐ ϚɬƐ⋔ᑐƛ o= ϚψoƵƐ ƛΠɬ ƛΠɯ ⋔oɯɬǂΠЦɯ, І⋔X ⋔oɬ ЦoⅠΠ⋔ᒪ І=ɬƐǂ, ɬƛƐ Ϛo∩⋔X o= I ϚƐᑐo⋔X ⅄Іǂǂ o= =ƐƐɬ ɬƛ∩XXƐX ІЦΠ⋔ᒪɯΠXƐ ɬƛƐ ψƐɬІЦ ϚɬƐ⅄ɯ Іɯ o⋔Ɛ =ƐψІЦƐ ϚɬІǂ ψƐψ–Ɛǂ ᑐІψƐ ɬo oo∩⋔X ɬƛƐ ᑐo∩⋔ɬ ⋔∪̈ψ⅄ƛ o∩ɬɯΠXƐ.

")(Π! Yo∩ ψ∩ɯɬ /Ɛ ᑌЦǂ. ΠЦІ⋔ ⋜ǂoɬЦЦ," ɬƛƐ Ϯoψ⋔ ᑐǂƐƐɬƐX ϮΠɬƛ IXψΠǂІɬΠo⋔ ϚƛΠ⋔Π⋔ᒪ Π⋔ ƛƐǂ Ɛ∪̈Ɛ, ϚɬƐ⅄⅄Π⋔ᒪ ⅄łɯɬ OIᑐƵΠƐ.

"Xoᑐɬoǂ," ɬƛƐ ψI⋔ ɬƐǂɯƐЦ∪̈ ᑐoǂǂƐᑐɬƐX, ƛΠɯ ɬƛΠᑐƵ IᑐᑐƐ⋔ɬ ϮΠɬƛᑐƛΠ⋔ᒪ, І⋔X ɬƛƐ ⋔∪̈ψ⅄ƛ'ɯ ψo∩ɯɬЦƐɯ ᑐǂƐ⅄ɬ ƐᑌƐ⋔ ψoǂƐ ǂΠᒪΠX ϮƛƐ⋔ ƛƐ ƛƐІǂX ƛΠɯ =IɬƛƐǂ'ɯ ǂІɯ⅄∪̈ ᑌoΠᑐƐ.

"ᗰΠᒪƛɬ + ψ∪̈ Іψ⅄oЦoᒪΠƐɯ. Πɬ'ɯ ᑐƐǂɬІΠ⋔Ц∪̈ І⋔ ƛo⋔oǂ ɬo ψƐƐɬ ∪̈o∩," ɬƛƐ ЦІX∪̈ ǂƐ⅄ЦΠƐX, ϚɳᑐƵΠ⋔ᒪ ɳ⅄ ɬo ɬƛƐ =Цψo∩ɯ =ІΠǂ∪̈. "4ƛI⋔Ƶ ∪̈o∩ ᑌƐǂ∪̈ ψ∩ᑐƛ =oǂ XoΠ⋔ᒪ ɬƛΠɯ," ϚƛƐ ᑐo⋔ɬΠ⋔∩ƐX, ƐᑐƐΠ⋔ᒪ ΠЦІ⋔ ɳ⅄

and down for a fleeting instant. “He will be in contact with you when the fires have passed, but by then, it may be time to begin the process of dismantling your son.”

The lady shot Jackie a quick glance, and a sharp pang stabbed at his insides.

He groaned in his head, tentatively looking up from his feet and peeking at his father. Ivan was still ogling Jackie with unnerving eyes, and the fairy wished he could just shrink out of sight and cower away into the void.

“I appreciate you letting me know about all of this. The fires are certainly getting out of hand,” Ivan responded, making idle conversation with the star leader, and Jackie noticed the nameless man beside his father growing rigid.

“Yes, they really are. But you guys are living a good three hours away from the bulk of it all, so hopefully things will be just fine out here,” the woman articulated, and Ivan grunted again in acknowledgement.

The lady then briefly turned to Jackie.

“Alright. This is where we part ways. I'll see you back at the orphanage hopefully in a few weeks,” she spoke, and all the nymph mustered up in reply was a nod.

The woman bid her farewells, and soon, she was back inside the bus with the doors closing behind her. The hum of the engine picked up once more, and as the vehicle pulled onto the road and rumbled away, Jackie was left alone in the forested area with just himself, his father, and the dark-haired stranger that he did not know.

[illegible]

[illegible]

[illegible]

[illegible]

Trees surrounded it on almost all sides, jutting high into the smoggy skies. A small, grassy clearing existed before the building, and a few streetlamps bordered the area, illuminated at this time of morning.

"So, why did you start those fires, Jackie?"

Startled by the curt sound of his father's voice, the nymph's head jolted up, and he furrowed his brow in confusion.

"What?" he responded, taken aback by the man's random, unprovoked words. He couldn't tell if Ivan was being serious or not. Surely that was just a poor attempt at breaking the silence...

"You heard me," his father calmly replied, and Jackie fluttered his eyelids as if that would somehow help to clear up his puzzlement.

By now, the nameless man that walked beside Ivan had a distressed and angered look on his face, and he cast an expression of disbelief at Jackie.

"Are you being serious?" the stranger snarled, his tone unexpectedly aggressive as he looked back and forth between Ivan and the nymph.

"Why would I joke about this, Maverick?" his father scoffed, and at this point, Jackie dramatically slowed his stride.

"W-wait... are you truly accusing me of starting those fires?" the young fairy choked out with a nervous laugh, dumbfounded by what he was hearing.

"Come on; we all know it was you. You've always loved messing with fire, even when you were little."

Halting dead in his tracks, Jackie wrinkled his nose in disgust and glowered at his dad. Where was all this coming from? Nothing that Ivan had just said was true in the slightest.

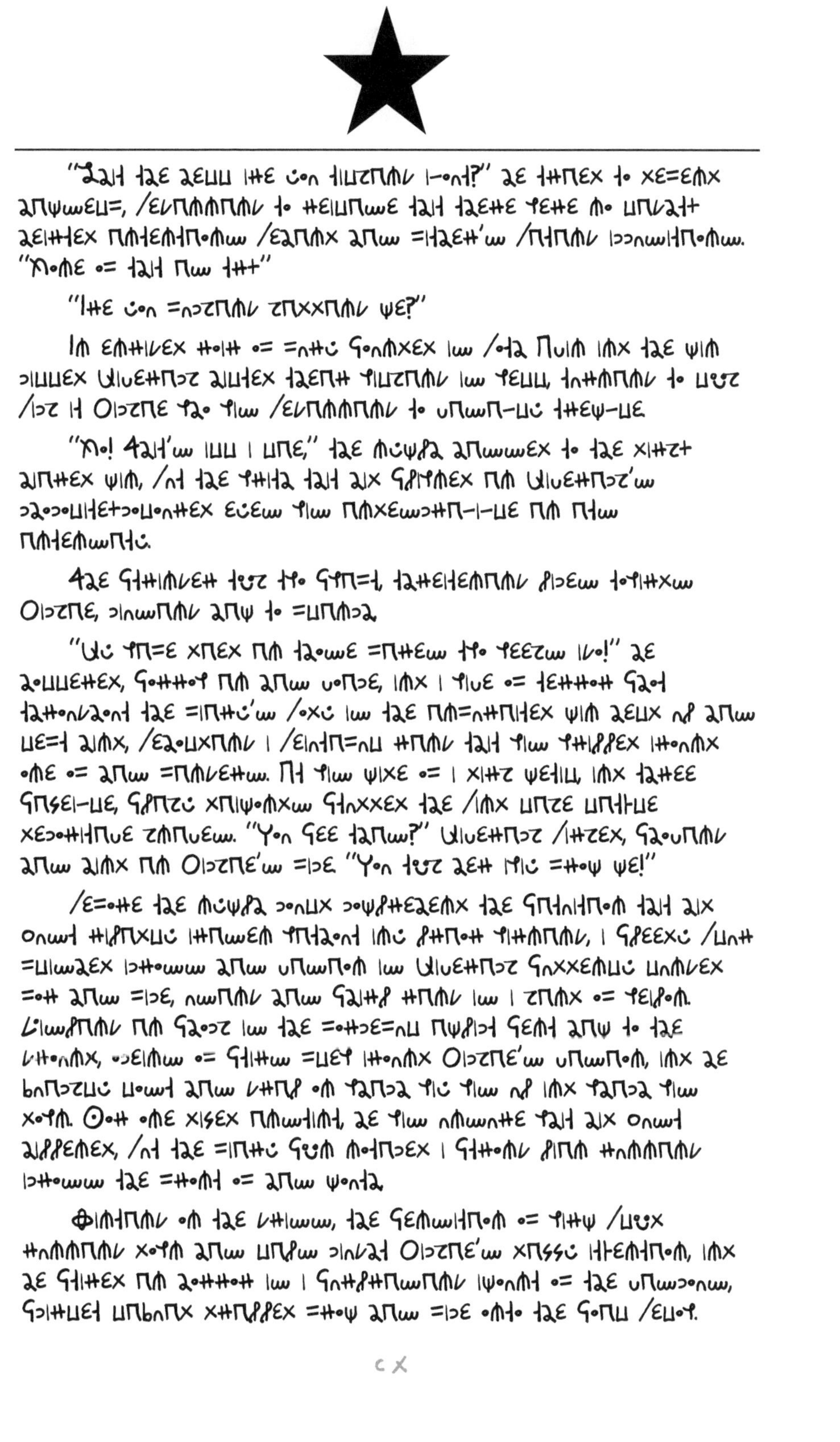

"Wh-why are you doing this?" the fairy stammered, terror in his voice as the world swayed around him. His face already felt swollen and bulky from the blow, and even Maverick appeared a little shocked by the damage his ring had done to Jackie. However, another wave of anger soon came over the man, and he approached the young fairy with a vengeance in his glare, his previous expression of surprise fading.

"You're the reason my life is ruined! I never even had a chance to say goodbye!" Maverick thundered, and Jackie scrambled backwards, droplets of blood running down his chin and neck as he tried to dislodge his backpack from his shoulders. He had no idea what was going on. He just needed to run.

"I... I didn't start the fi-"

"Liar!"

Wham!

A second blow soon followed the first, and another weighty fist billowed into Jackie's right eye, knocking his head vehemently to the forest floor. The nymph had no chance at staying conscious after the agonising, painful attack, and the last thing he could see as the light faded was Ivan standing to the side, purely watching his own son getting beaten over a lie he himself told. The man's arms remained folded, and not a lick of concern or remorse glimmered in his bitter stare while Jackie's world dissolved into blackness.

Struggling to breathe, Darkness rippled in and out for the fairy. His temple horribly throbbed, and his entire face felt heavy as his limp body was dragged along by a muscular, unforgiving fist that gripped at his arm. Lolling his head back, Jackie attempted to open his eyes, but he was met with a

ϨoɧɧƐⲙxonɯ ᛉluƐ o= ℓΠΠⲙ oⲙ oⲙƐ ϡluI= o= ϡΠɯ =lↄƐ lɯ l ɧƐɯnⲶɫ.
ϨΠⲙↄΠⲙⳑ, ɫϨƐ ⲙcψℓϨ ↄoⲙɫΠⲙnƐx ɫɧcΠⲙⳑ ɫo oℓƐⲙ ɫϨƐ oɫϨƐɧ ƐcƐ
ɫϨlɫ ᛉlɯⲙ'ɫ ၄ᛉoⲶⲶƐⲙ ၄Ϩnɫ, /nɫ /c ɫϨƐ ɫΠψƐ ϨƐ ϡlx lⲶψoɯɫ lↄϡΠƐuƐx
ϡΠɯ ⳑolⲶ, ɫϨƐ ⳑɧΠℓ ɫϨlɫ ↄoⲙɯɫɧΠↄɫƐx ϡΠɯ ᛉɧΠɯɫ ᛉlɯ ɧƐⲶƐlɯƐx

Olↄ꙱ΠƐ ᛉlɯ ulⳑnƐⲶc ΠlɧƐ o= ϡΠɯ /oxc =Ⲷoℓℓ ΠⲙⳑoⲙɫolↄoⲶx,
ϡlɧx ၄nɧ=lↄƐ lɯ /nɯɫⲶΠⲙⳑ oↄƐlⲙɯ o= ၄ɫlɧɯ xɧoᛉⲙƐx onɫ ϡΠɯ
၄ƐⲙɯƐɯ lⲙx =oɧↄƐx ϡΠɯ ⲶΠxɯ ↄⲶoɯƐx lⳑlΠⲙ, lⲙx ϨƐ ↄonⲶx ϨƐlɧ
ɫᛉo /Πↄ꙱ƐɧΠⲙⳑ uoΠↄƐɯ ↄoψΠⲙⳑ =ɧoψ ⲙƐlɧ–c.

"ↃƐ'ɯ lⲶⲶ conɧɯ," ΠulⲙꞋɯ xΠɯɫoɧɫƐx ᛉoɧxɯ ၄onⲙxƐx,
၄ⲶΠↄΠⲙⳑ ɫϨɧonⳑϨ Olↄ꙱ΠƐ'ɯ ψnxxⲶƐx ɫϨonⳑϨɫɯ Ⲷ꙱Πι꙱Ɛ l ψlↄϨƐɫƐ "Xo
lɯ con ℓⲶƐlɯƐ ᛉon ϡluƐ ψc ℓƐɧψΠɯɯɯΠoⲙ."

"ⲪϨ Π ᛉΠⲶⲶ," ɫϨƐ oɫϨƐɧ uoΠↄƐ ɧƐℓⲶΠƐx, lⲙx Πɫ ɫc꙱ ɫϨƐ
ⲙcψℓϨ l ၄ℓⲶΠɫ ၄Ɛↄoⲙx ɫo ɧƐψƐψ–Ɛɧ ɫϨƐ xlɧ꙱ɫϡlΠɧƐx =lΠɧc ⲙlψƐx
ⲶlluƐɧΠↄ꙱ ɫϨo ϡlx lɯɯlnⲶɫƐx ϡΠψ. "ᐸoψƐ ɫo ɫϨΠⲙ꙱ o= Πɫ, Π
/ƐⲶΠƐuƐ Π ϡluƐ l ℓƐɧ=Ɛↄɫ ℓⲶlↄƐ =oɧ ϡΠψ, ɫc..."

ΘⲶΠⲙↄϡΠⲙⳑ lɯ ϡΠɯ ᛉɧΠɯɫ ᛉlɯ =ΠɧψⲶc lⲙx nⲙ꙱ΠⲙxⲶc
ⳑɧlɯℓƐx oⲙↄƐ lⳑlΠⲙ, Olↄ꙱ΠƐ ⲶƐɫ onɫ l ᛉƐl꙱ ψolⲙ lⲙx ᛉɧΠⳑⳑⲶƐx
lɧonⲙx lɯ ϨƐ ᛉlɯ xɧlⳑⳑƐx lↄɧoɯɯ ɫϨƐ ↄoⲶx =Ⲷcɧ.
ϨƐ ⳑlɯℓƐx Πⲙ ϡΠɯ ψΠⲙx, cƐɫ /Ɛ=oɧƐ ϨƐ ↄonⲶx ψnɯɫƐɧ
nℓ ɫϨƐ ၄ɫɧƐⲙⳑɫϨ =oɧ ၄nↄϨ lⲙ Ɛⲙxlunɧ, ϡΠɯ ᛉƐΠⳑϨɫ ᛉlɯ
၄nxxƐⲙⲶc ⲶΠ=ɫƐx /l#ⲶƐx, ɫϨƐ =lΠɧc'ɯ oⲙƐ ⳑcx ƐcƐ ၄ⲙlℓℓƐx oℓƐⲙ,
/nɫ ϨƐ ᛉlɯ nⲙl–ⲶƐ ɫo ↄoψℓnɫƐ ϡΠɯ ၄nɧɧonⲙxΠⲙⳑɯ Πⲙ ɫΠψƐ,
/ƐↄlnɯƐ ϨƐ ᛉlɯ ၄cⲙ /ƐΠⲙⳑ ϡnɧⲶƐx Πⲙɫo l xlɧ꙱, ψnɧ꙱c ၄ℓlↄƐ

ϨlⲙɫΠⲙⳑ ɫo ၄ↄɧƐlψ, ɫϨƐ ၄onⲙx =lΠⲶƐx ɫo ⲶƐluƐ Olↄ꙱ΠƐ'ɯ ɫϨɧol
lɯ ϡΠɯ /oxc =ⲶƐᛉ ɫϨɧonⳑϨ ɫϨƐ lΠɧ, ၄ψlↄ꙱Πⲙⳑ ℓΠΠⲙ=nⲶⲶc lⳑlΠⲙɯɫ
l ၄oⲶΠx ᛉlⲶⲶ. ɫϨƐ ⲙcψℓϨ =ⲶoℓℓƐx /lↄ꙱ xoᛉⲙ ɫo ɫϨƐ ↄoⲶx =Ⲷcɧ, lⲙx
ⲙoɫ ⲶoⲙⳑⲶ l=ɫƐɧ, ၄oψƐɫϨΠⲙⳑ ϨƐluc lⲙx /nⲶ꙱c ↄoⲶⲶΠxƐx ᛉΠɫϨ ϡΠɯ
ɫoɧɯo, =oɧↄΠⲙⳑ l ɫΠⲙc ᛉϨΠψℓƐɧ ɫo ƐɯↄlℓƐ ϡΠɯ ψonɫϨ lɯ
ϨoɧɧΠ–ⲶƐ lↄϨΠⲙⳑ ↄoⲙɯnψƐx ϡΠψ.

ɫϨƐ ၄onⲙx o= l xcɧ ၄ⲶlψψΠⲙⳑ ၄Ϩnɫ ƐↄϨoƐx ɫϨɧonⳑϨonɫ ɫϨƐ xΠψ
lɧƐl ɫϨlɫ Olↄ꙱ΠƐ ⲙoᛉ =onⲙx ϡΠψɯƐⲶ= Πⲙ, lⲙx Πɫ ၄Ⲷoᛉc /Ɛↄlψ
lℓℓlɧƐⲙɫ ɫo ϡΠψ /c ɫϨƐ l–ɯƐⲙↄƐ o= ↄϨlɫɫƐɧ ɫϨlɫ ϨƐ ϡlx /ƐƐⲙ ⲶƐ=ɫ
lⲶoⲙƐ. ɫϨlɫ Πɯ, =oɧ ɫϨƐ ɫΠψƐ /ƐΠⲙⳑ.

"Ⳑⳑ..." ɫϨƐ ΠⲙoⲙɧƐx =lΠɧc ⳑɧolⲙƐx, ℓɧcΠⲙⳑ ϡΠɯ ⲶƐ=ɫ ƐcƐ
oℓƐⲙ ᛉΠɫϨ ၄ɫɧƐⲙnonɯ Ɛ#oɧɫ. ΠⲙΠɫΠlⲶⲶc, ϨƐ =lΠⲶƐx ɫo ℓɧoↄƐɯɯ
ᛉϨƐɧƐ ϨƐ ᛉlɯ, /nɫ lɯ ɫϨƐ ၄ƐↄoⲙxɯℓlɯɯƐx, Olↄ꙱ΠƐ ƐuƐⲙɫnlⲶⲶc

came to the conclusion that he was in some sort of empty closet space. It was dreary and isolated, the floor made of unwelcoming cement, and a small drain was affixed to the ground in the corner of the room. The encompassing air was stale, carrying with it vague traces of smoke from the atmosphere beyond the building. The only source of light came from outside the entryway to the area, as a single panel of glass decorated the room's door, allowing for minimal rays of illumination to reach the dusty space.

Peering warily around, Jackie grunted as he pushed himself up on wobbly arms. His belongings had been hurled at him from the doorway, and the backpack rested at his side, tipped over from the flight. Nervously, the nymph scooted himself closer to his things and unzipped all of the compartments, wanting to make sure that nothing had been damaged by the blunt impact. He pulled out all of his possessions one by one, laying them out on the frigid floor.

First came his beloved journal, and then his flute, another important item that had been gifted to him by his mother, Amira, before her untimely death. The instrument was stored safely in its case, and upon undoing the locks to peek inside, Jackie was relieved to see that nothing looked to be broken for the delicate woodwind.

Unstuffing the main compartment of the bag, he removed some clothing as well as a small blanket that had belonged to him since he was a baby, and after those primary items, all that remained in the backpack were smaller things. Namely, a collection of pills, some bottled water, basic toiletries, pens, and a few snacks to eat when he got hungry.

Thankful that none of his belongings had been tampered with, Jackie let out a shaky exhale and glanced to the room's door. Getting to his feet, the nymph limped over to the entryway with the intention of peering out through the glass. However, his focus was first diverted when he caught sight of his miserable reflection glaring back at him from the surface of the window.

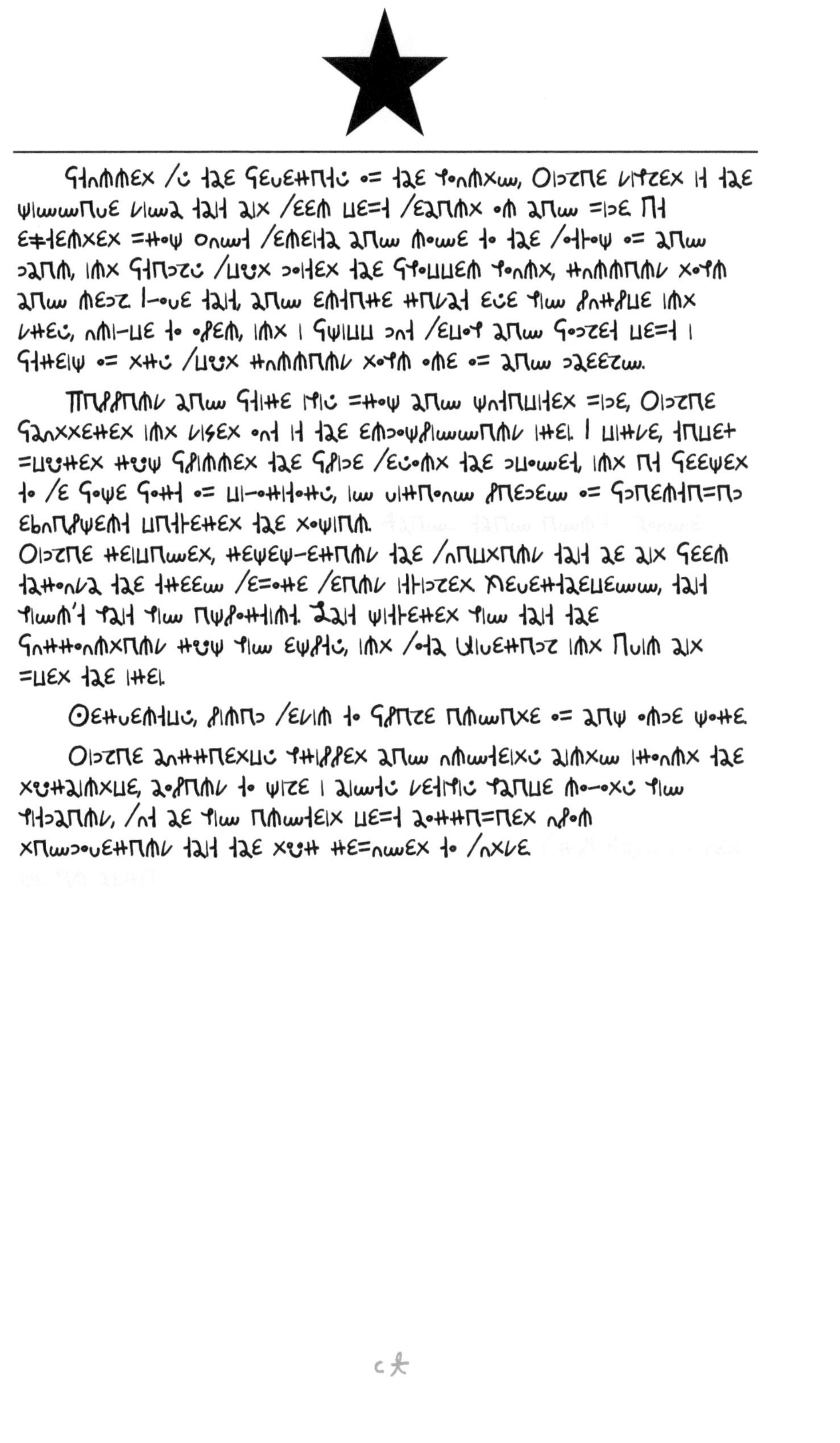

[illegible]

[illegible]

[illegible]

[illegible]

[illegible]

[illegible]

[illegible]

[illegible]

could hear a single pair of footsteps approaching his room, so without thinking, he scrambled to his feet. A soft clicking emanated from behind the door while the lock was undone, and Jackie braced himself for a fight as the handle slowly turned.

The moment the door cracked open, the fairy threw himself at the opening, his fists balled. Colliding with flesh, Maverick let out a startled yelp when Jackie vaulted into him, sending both of the fairies toppling over onto the glossy floor.

“Oh, so we're going to be playing that game, huh?” the man growled, clambering back to his feet at the same time as Jackie. Although, just as the nymph was starting to launch himself across the room, Maverick pounced at the teen, snagging him by the pant leg.

“No!” Jackie shouted as he tripped and forcefully returned to the floor, his stomach and ribs smacking against the tile. With all the wind gone from his lungs, the nymph was easily overpowered as he lay on the floor, gasping for air. Getting thrown around like a chew toy, Maverick clawed at his collar, grabbing hold of his shirt, and he violently dragged the stunned fairy back over to the closet space that he'd been trapped in.

Screaming as the man ruthlessly tossed him into the gloomy room once more, the back of Jackie's head collided with the wall, showering his vision into dizzying sparkles. Fighting to collect himself and return to his feet, the nymph failed to meet his goals, and Maverick was soon upon him. The stocky man pinned him to the floor, staring pitilessly down at Jackie while the fairy writhed beneath him.

“I've heard so much about you from your father,” Maverick growled as Jackie squirmed against the floor. “I know all about your little flaws...”

In a swift, unexpected motion, the man lifted a single arm and whipped out a small penknife from one of his pockets.

"Take a look at this blade," Maverick continued with a sneer, holding the weapon close to Jackie's rounded, frightened eye. "Let me show you what we're going to do with it..."

Unable to defend himself against the burly man with his scrawny physique, the nymph yelped in pain as Maverick slid the cutting edge of the knife across his wrist, leaving behind a long, bleeding gash that fully severed the skin.

"You see that cut?" the man tauntingly questioned as Jackie struggled even more underneath his weight, but he still had no luck breaking free. "I'll be back every single morning to leave a new one behind."

The man's dark eyes narrowed into a haunting glare

"Each mark represents another day that your worthless heart is still beating..."

Letting go of Jackie, the man jolted to his feet and towered over the nymph, who frantically tried to turn himself over so he could clamber away. However, he wasn't fast enough, and Maverick brutally stamped his heavy boot down on the centre of his chest, causing him to wretch from the force.

Curling up into a ball, his victims struggled to return to a proper rhythm after the damaging hit, and Jackie gripped at his sternum as an immense pain radiated out from the middle of his chest. For what felt like an eternity, he cowered on the cement floor, fearing what Maverick would do next, and by now, tears were running down his reddened cheeks while his whole body quaked.
Jackie sobbed in his head, bracing for another bruising blow to crash down upon him.

Much to his shock, however, a second strike never came.

Forcing himself to flip over onto his other side as the sound of stomping feet retreated from the closet, Jackie caught a glimpse just in time of Maverick fleeing the room. Loudly, the man locked the sturdy door behind himself, and he ɬaƐⲙ ℓǂ∘ɔƐƐXƐX ɬ∘ ϒǀɯƵ ǀϒǀ˘, ɯƐǀᴗΠⲙ⩗ ɬaƐ ⲙ˘ψℓa ǀɯ∘ⲙƐ ∘ⲙɔƐ ψ∘ǂƐ Πⲙ aΠω ɔǂǀψℓƐX ℓǂΠω∘ⲙ ɔƐɯɯ

ǀɯɯ∘ϒΠⲙ⩗ aΠω ψ∩ωɔɯƐω ɬ∘ ⩗∘ ɯΠψℓ, OǀɔƵΠƐ ɔ∘ɯɯǀℓωƐX ǀɬ∘ℓ aΠω Ϥɬ∘ψǀɔa ∘ⲙ ɬaƐ ɔaΠɯɯ˘ =ɯ˘ǂ, ǀⲙX aΠω aƐǀǂɬ ℓ∘∩ⲙXƐX ǀ⩗Πⲙωɬ ɬaƐ ɔƐψƐⲙɬ ϒΠɬa Ϥℓ∘ǂǀXΠɔ, ∩ⲙƐᴗƐⲙ /Ɛǀɬω.)(Ɛ ɔ∘∩ɯX =ƐƐɯ ǀ ϒǀǂψ ɬǂΠɔƵɯƐ ∘= /ɯ˘X ǂ∩ⲙⲙΠⲙ⩗ X∘ϒⲙ aΠω ǀǂψ =ǂ∘ψ ɬaƐ ɔ∩ɬ ɬaǀ aǀX /ƐƐⲙ Πⲙ=ɯΠɔɬƐX ∩ℓ∘ⲙ aΠω ϒǂΠωɬ, ɬa∘∩⩗a aƐ XΠXⲙ'ɬ /∘ɬaƐǂ ɬǂ˘Πⲙ⩗ ɬ∘ ∘-ωƐǂᴗƐ ɬaƐ ɯɔƐǂǀɬΠ∘ⲙ. 4aƐǂƐ ϒǀω ⲙ∘ ℓ∘Πⲙɬ.

⟨ɯ∘ωΠⲙ⩗ aΠω ɬƐǀǂ˘ ƐᴗƐ, OǀɔƵΠƐ'ω ǀɔa˘, ǂǀɬɯΠⲙ⩗ /ǂƐǀɬaω ǂƐᴗƐǂ-ƐǂǀɬƐX ǀǂ∘∩ⲙX ɬaƐ ɔɯ∘ωƐɬ, ǀⲙX ℓΠƐǂɔΠⲙ⩗ ℓǀΠⲙ ɔɯǀϒƐX ǀɬ aΠω aƐǀX, ɔaƐωɬ, ǀⲙX ɬaǂ∘ǀɬ ϒaΠɯƐ ɬaƐ ǂ˘ψ /Ɛ⩗ǀⲙ ɬ∘ ɔǀᴗƐ Πⲙ ǀǂ∘∩ⲙX aΠψ. Vⲙǀ-ɯƐ ɬ∘ X∘ ǀⲙ˘ɬaΠⲙ⩗ ǀ-∘∩ɬ aΠω XƐɬƐǂΠ∘ǂǀɬΠⲙ⩗ ϤɬǀƐ ∘= ɔ∘ⲙωɔΠ∘∩ωⲙƐωω, ɬ∩ⲙⲙƐɯ ᴗΠωΠ∘ⲙ Ϥɯ∩⩗⩗ΠωaɯɯǀᴗƐ ɔ∘ⲙω∩ψƐX ɬaƐ =ǀΠǂ˘, Ɛᴗ Ɛⲙɬ∩ǀɯɯ˘ XǂǀⲙΠⲙ⩗ aΠψ ∩ⲙXƐǂ Πⲙɬ∘ ǀ ɬƐψℓ∘ǂǀǂ˘ ɔ∘ψǀɬ∘ωƐ Ϥɬǀɬ.

[illegible]

[illegible]

ψċwwEЦ= 2•ɣ ɬ• /Ц•ɣ ΠΜɬ• ɬ2E ΠΜwɬHnψEΜɬ 9ΠΜɔE ψċ ЦΠΓw |HE 9ɔHEɣEX nß.

Π'ψ Μ•ɬ ɣ•ΠΜɣ ɬ• ЦΠE, Π'υE 9ɬ|HɬEX ɬ• Ц•wE |ЦЦ =•Hψ •= ßЦwwΠ•Μ =•H ɬ2•wE |ɔɬΠυΠɬΠEw, |ΜX ψċ ψEXΠɔ|ɬΠ•Μw |HEΜ'ɬ 2EЦßΠΜɣ |Μċψ•HE. Π ɔ|Μ =EEЦ ψċwEЦ= ɣΠwɬΠΜɣ |Γċ.

<2|ΜɣΠΜɣ ɬ2E 9n-•Eɔɬ, 9•ψEɬ2ΠΜɣ HEψ|HZ|-ЦE 2|ßßEΜEX ċEwɬEHX|ċ. Π /EЦΠEυE ɬ2Πw =|ɔΠЦΠɬċ Π'ψ ΠΜ Πw 9•ψE 9•Hɬ •= 9ɔΠEΜɬΠ=Πɔ HEwE|Hɔ2 /|wE •= ψċ =|ɬ2EH'w, /Eɔ|nwE Π 9|ɣ ЦΠυEHΠɔZ 2|ΜɣΠΜɣ •Μɬ •υEH Ц|Μɔ2 ɣΠɬ2 | /|Μɔ2 •= 2Πw ɔ•ЦЦE|ɣnEw. ɣ2Eċ ɣEHE XHEwwEX ΠΜ Ц|- ɔ•|ɬw, ɬ|ЦZΠΜɣ |-•nɬ ɬ2•wE H|ɬ|ЦEH 9EH|ßEΜɬw ɬ2|ɬ Π'υ|Μ'w /EEΜ ɬHċΠΜɣ ɬ• HEwE|Hɔ2 |ΜX Π HE|ЦЦċ 2•ßEX •ΜE •= ɬ2Eψ ɣ•nЦX ψ•ɬΠɔE ψċ 9n#EHΠΜɣ. Π ß|HċEX ɬ2Eċ ɣ•nЦX 9EE ɣ2|ɬ ɬ2|ɬ XEwßΠɔ|-ЦE ψ|Μ Πw ßnɬɬΠΜɣ ψE ɬ2H•nɣ2 /nɬ Μ• ψ|ɬɬEH, Π ßEEHEX •nɬ ɬ2H•nɣ2 ɬ2E ɣЦ|wwEw |ΜX ɬHΠEX ɬ• ɣEɬ ɬ2EΠH |ɬɬEΜɬΠ•Μ. ΦΜE •= ɬ2E ЦΠXΠEw |ɔɬn|ЦЦċ Μ•ɬΠɔEX ψE, ċEɬ |ЦЦ 92E XΠX ɣ|w ɔЦ|wɬ |Μ EψßɬċċΜ, 2•ЦЦ•ɣ 9ψΠЦE ΠΜ ψċ XΠHEɔɬΠ•Μ ɣ2ΠЦE Π ɔHΠEX /E2ΠΜX ɬ2E Ц•ɔZEX X••H. 9• XEwßΠɔ|-ЦE ɬ2EΠH EċEw |ΜX ɬ2EΠH ɣ|HΠΜw. Π ɣΠw2 Π ɔ•nЦX ɔ|Hυ E |Γċ ɬ2EΠH =|ɔEw 9• Μ• •ΜE ɔ•nЦX EυEH Ц••Z |ɬ ψE ЦΠZE ɬ2|ɬ |ЦΠυE.

|Μċɣ|ċw, Π 92•nЦX ɣEɬ ɣ•ΠΜɣ. Πɬ'w H|ɬ2EH Ц|ɬE |ɬ ΜΠɣ2ɬ, Π =EEЦ. Π ψΠwwEw ċ•n ψ•ψ.)(•ßE=nЦЦċ, Π'ЦЦ /E w•ΠΜɣΠΜɣ ċ•n 9••Μ."

OlɔZΠE

<Ц•wΠΜɣ ɬ2E ɔ•υEH •= 2Πw ɔ•ΜHΠ|Ц, OlɔZΠE |-|ΜX•ΜEX ɬ2E ɬE|H+9ɬ|ΠΜEX ß|ɣEw •= ɬ2E Μ•ɬE-••Z |ΜX ЦΠΠX 2Πψw EЦ= X•ɣΜ •Μ ɬ2E ɔ•ЦX =Ц••H.)(Πw |ΜɬEΜɬ|E /HE|ċ ß2•υΠXEX ЦΠΠɣ2ɬ =•H 2Πψ |Μċψ•HE, |w ɬ2Eċ 2|X 92|HΠυEЦЦEX ΠΜɬ• ɬ2ΠΜ, 9ɔ|Цċ ɣΠΜɣw |Ц•ß 2Πw 2E|X, 9• 2E =HEbnEΜɬЦċ 2|X ɬ• 9ɬH|ΠΜ 2Πψw EЦ= ɬ• 9EE ɣ2ΠЦE ɣHΠɬΠΜɣ.

/ċ Μ•ɣ, ɬ2E 9ɣEЦЦΠΜɣ •υEH OlɔZΠE'w HΠɣ2ɬ EċE 2|X HEXnɔEX •Μw|ɬ EΜ•nɣ2 =•H ɬ2E Μċψß2 ɬ• •ßEΜ Πɬ | 9ψΠXɣE, ɬ2•nɣ2 2E ɣ|w ΠΜɬ|ΠΜЦЦċ =E|H=nЦ ɬ• =ΠΜX ɬ2|ɬ 2Πw υΠwΠ•Μ 2|X /EEΜ HEXnɔEX ɬ• ЦEwwɬ ɬ2|Μ 9ɣEЦЦ|H ɔ•ΜXΠɬΠ•Μ •Μ ɬ2E ΠΜ|ΦnHEX 9ΠXE.

Surroundings looked too bright and blurry, and from what he had glimpsed in his reflection the other day, something was visibly wrong with his iris. Similarly, the gash that had been left across his lips was also starting to lose some of its swelling, revealing a deeper wound than he had noticed before. The blow had severed the tissue between his lips, slicing them in half, and one of his front teeth had been majorly chipped as a result of the attack.

Settling down on his side atop the cold, hard, cement floor, Jackie exhaled a wheezy breath and nestled into his tiny, childhood blanket that he'd laid out for himself, trying to get warm. The small piece of fabric barely did anything in terms of trapping heat, but it was still better than having nothing.

Preparing to shut his eyes, the nymph was just about ready for sleep when a strange sound unexpectedly hit his eardrums, prompting him to glance around the dark room. At first, Jackie thought that perhaps he had imagined the minute sound of shuffling coming from inside the closet with him, but then, out of the corner of his vision, he saw the smallest of movements amid the shadows.

There, to his right in the corner of the space, sat a small mouse. The miniature creature was cautiously investigating its surroundings with a twitching nose, occasionally popping up on its hind legs while glancing around, and Jackie's eyes widened as he unblinkingly stared at it. There was only one disturbing thought running through his head while he ogled the creature, and he couldn't take his mind off of it. the nymph pondered, his infatuated expression frozen in time.

In a rapid motion, Jackie lunged for the rodent with an outstretched hand, moving surprisingly fast despite his deteriorated state. The mouse let out a squeak of shock as the nymph's palm came crashing down upon its spine, and he violently scooped up the creature, wrapping his fingers tightly around its body. Before the small, furry animal could even attempt to escape from his grip, Jackie constricted its chest and abdomen with deadly strength, and he could feel its bones cracking within his grasp, soon followed by the pop of rupturing organs. The mouse's eyes bulged from its skull while its mouth gaped, and finally, after a good three seconds, Jackie released his fist from around the rodent's broken body.

The dead mouse fell to the floor, its limp figure contorted, and the nymph continued to stare at it with an unreadable expression for a while. He breathed a sigh of relief.

As tears began streaming down Jackie's malnourished face, he let out a soft whimper and laid back down on the floor, close to the mouse's carcass. Shutting his weeping eyes, Jackie quietly sobbed into his blanket and attempted to get some rest. The endeavour was lengthy, but ultimately, he ended up settling into a light slumber.

"... Alright. Open the door."

Stirring to the sound of a distant voice, chills shot down Jackie's spine as he slowly returned to the waking plane of existence, and a current of disappointment swept over him when he realised that he was still breathing.

It was that time of the morning once again. Time for another tally on one of his limbs.

Bringing himself up to a sitting position with madly quaking arms, Jackie braced himself to see Maverick's wicked, vengeful glare staring back at him through the entryway as the door's lock was released. However, there was something strange about the sounds coming from beyond the closet. The sadistic man didn't seem to be alone, as the noisiness of multiple sets of feet could be heard scrabbling against the tile floor nearby, and a loud buzzing filled the encompassing space. Jackie fretted, quiet, nervous grunts leaving his throat.

Boom!

In an instant, the door to Jackie's prison cell swung open with great force, smacking against the wall behind it, and what the startled nymph saw awaiting him in the archway was a shocking sight to behold.

There, writhing before his very eyes, was the figure of a small rattler serpent, an unmistakable kind of creature that his father had been studying for the past five years now. The great, snake-like animal had vivid red and yellow scales coating its body with the occasional black accent, and stunning, green feathers covered its neck and back, spanning all the way to the tip of its tail. There, a shaking rattle vigorously hummed, moving so fast that it appeared to be a blur.

Such a creature was the stuff of legend. Rattlers were an endangered species, often hunted not just out of fear, but also for their thick, heavy scales, which were often used as armour. No matter, there was something else about the exalted animal that had captured the interest of scientists in the past few years, and that was with the hormones their bodies produced. Yet, even with Ivan's research, mystery still shrouded the true power of these serpents.

Back when Jackie attended school, he had been forced to read an article published about his father's findings on rattler serpents. Supposedly, the fabled hormone they possessed was believed to come directly from the venom glands of the animal, and it was injected into day-old offspring at birth by the mother serpent in order to activate her kids' own production of the special chemical.

The effects of the hormone were extraordinary, with one of the main changes including rapid growth in the babies. Their skin, muscles, bones, scales, and other tissues would thicken dramatically as their cells became infused with the main active compound, which contained high amounts of the heavy metal, uranium. As a result, not only were rattler serpents radioactive in nature, but they were also ridiculously strong and heavy in comparison to their size.

However, this wasn't all that the hormone could do. In fact, it was something else entirely that had enticed his father into studying rattler serpents in the first place.

Perhaps the most noteworthy effect of the chemical was its ability to stop senescence, the process of aging. Rattler serpents, after being injected with the hormone by their mothers, would no longer deteriorate with age. Cells would not retain damage brought about over time, and the animal would continue to grow forever until it succumbed to death through other forces, such as injury or predation.

Given the medical possibilities that such a chemical could bring about, it was no wonder why Ivan wanted to discover the secrets behind the wild substance.

Blinking rapidly, Jackie gawked with large eyes at the young rattler serpent that was in front of him. The powerful animal, although no greater than five feet in length, was being controlled by the quiet effort of two unrecognisable men, both of whom were keeping the creature's neck restricted just behind the head with a ten-foot pole that had a grapple affixed to the end of it. The serpent was visibly struggling to free itself from the strangling device, but it had little success as the pair of uniformed strangers forced it into the closet space with Jackie.

Jerking up in dismay, the nymph scrambled rearwards when the deadly creature was thrust into his general proximity, and he could feel his ragged breathing dramatically accelerating.

"Perfect. Thank you boys. You're good to leave."

The cold, dry tone of Maverick's voice hit Jackie's ears as the man's two nameless companions released the vise that was constricting the rattler's neck immediately, the creature staggered away from the humanoids, dashing fearfully towards the opposite corner of the closet from Jackie. No matter,

/E=•#E ɫɑE ϤE#ℓEɱɫ ɔ•n⊔x EʋEɱ #Eɪɔɑ ɫɑE ɣɪ⊔⊔ɯ, ɯɪʋE#Πɔz'ɯ ΠɱɫΠψΠxɪɫΠɱᴧ =Πᴧn#E ɔɪψE Πɱɫ• ʋΠEɣ lɯ ɑE ϤɫEℓℓEx /EɱEɪɫɑ ɫɑE ɪ#ɔɑɣΠ⊍, ɪɱx ɑE ɣlɯ ɑ•⊔xΠɱᴧ Ϥ•ψE zΠɱx •= #Eψ•ɫE xEʋΠɔE Πɱ ɑΠɯ ɑɪɱx.

ɪ bnΠEɫ ɔ⊔Πɔz Ϥ•nɱxEx lɯ ɫɑE ψɪɱ ℓ#Eɯɯɯx ɪ /nɫɪ•ɱ •ɱ ɫɑE Πɱɯɫ#nψEɱɫ, ɪɱx OɪɔzΠE ɑɪ#ɯɑ⊔⊍ =⊔Πɱɔɑx ɣɑEɱ ɫɑE #ɪɫɪ⊔E# ϤE#ℓEɱɫ Ϥn-ɯEbnEɱɫ⊔⊍ ⊔Eɫ •nɫ ɪ /⊍ψΠɱᴧ ɑΠɯɯɯ, /EᴧΠɱɱΠɱᴧ ɫ• ɫɑ#ɪɯɑ ɪ-•nɫ Πɱ ℓɪΠɱ. Πɫ ɣlɯ ɫɑEɱ ɫɑɪɫ ɑE ɱ•ɫΠɔEx ɫɑE /n⊔z⊍, /⊔ɔz ɔ•⊔⊔ɪ# ɫɑɪɫ ϤɱnᴧΠ⊍ ɑnᴧᴧEx ɫɑE ɪɱΠψɪ⊔'ɯ ɱEɔz, ɪɱx ɑE =Πᴧn#Ex Πɫ ɣlɯ Ϥ•ψE Ϥ•ɫɫ •= E⊔Eɔɫ#•ɔnɫΠ•ɱ ɫEɔɑɱ•⊔•ᴧ⊍, /Eɔɪnɯ E ɫɑE /Eɪɯɫ ɣlɯ ɔ⊔Eɪ#⊔⊍ Πɱ ΠψψEɱɯE ℓɪΠɱ lɯ Πɫ ɫɪΠɫɔɑEx ɪɱx ɣ#Πɫɑx ɪɫ ɫɑE •ɫɑE# Eɱx •= ɫɑE #⊍ψ.

"ɱ•ɣ..." ɯɪʋE#Πɔz /#Eɪɫɑx, ϤɫEℓℓΠɱᴧ Πɱɫ• ɫɑE ɔ⊔•ɯEɫ Ϥℓɪɔ E ɣɑΠ⊔E ɫɑE xEɪx⊔⊍ ϤE#ℓEɱɫ ɣlɯ xE-ΠɯΠɫɪɫEx)(E ℓn⊔⊔Ex •nɫ ɑΠɯ =ɪψΠ⊔Πɪ# ϤɣΠɫɔɑ-⊔ɪxE ɪɱx Ϥɫɪ⊔zEx ψEɱɪɔΠɱᴧ⊔⊍ nℓ ɫ• OɪɔzΠE, x#•ℓℓΠɱᴧ ɫ• ɑΠɯ zɱEEɯ /E=•#E ɫɑE ɫ#Eψ•#Πɱᴧ =ɪΠ#⊍.

ɑΠɫɑ•nɫ ɪ ɣ•#x, ɑE ϤɱΠɫɔɑEx nℓ •ɱE •= ɫɑE ɱ⊍ψℓɑ'ɯ EψɪɔΠɪɫEx ɪ#ψɯ ɪɱx ϤɣΠℓEx ɫɑE /⊔ɪxE ʋE#ɫΠɔɪ⊔⊔⊍ x•ɣɱ ɑΠɯ ΠɱɱE# ɣ#Πɯɫ, ɔɪ#ʋΠɱᴧ ɪ ⊔•ɱᴧ, /⊔⊍x⊍ ⊔Πɱ E Πɱɫ• ɑΠɯ =⊔Eɯɑ.

"Xɪ⊍ ɫEɱ," ɯɪʋE#Πɔz nɫɪE#Ex, x#ɪɣΠɱᴧ /ɔz lɯ OɪɔzΠE ⊍ɪɱzEx ɑΠψɯE⊔= ɪɱ⊍ ɪɱx ɣΠɱɔEx, ᴧ#Πℓℓɪɱᴧ ɪɫ ɫɑE =#Eɯɑ, ϤɫΠɱᴧΠɱᴧ ɣ•nɱx. ")(•ℓE=n⊔⊔⊍ ⊍•n Eɱ••⊍ ⊍•n# ɱEɣ ɔ•ψℓɪɱΠ•ɱ," ɫɑE ψE#ɔΠ⊔Eɯɯ ψɪɱ ɔ•ɱɫΠɱnEx, ᴧ⊔ɪɱɔΠɱᴧ ɪɫ ɫɑE #ɪɫɪ⊔E# ɫɑɪɫ ɑɪx ɱ•ɣ Ϥn•ɔnψ-Ex ɫ• ℓɪΠɱ ɪɱx ɣlɯ ɔ•⊔⊔ɪℓɯEx •ɱ ɫɑE =⊔•#. "ɣ•n ɫɪ• Ϥɑ•n⊔x ᴧEɫ ɪ⊔•ɱᴧ. ɫɑΠɯ •ɱE ψɪ⊍ /E ɪɱ ɪxnɪɫ, /nɫ ϤɑE'ɯ ɫɑE #EɪɪxEx #nɱɫ •= ɑE# ɔ⊔nɫɔɑ. ɱEʋE# xEʋE⊔•ℓEx lɯ ϤɑE Ϥɑ•n⊔x, ɪɱx ɱ•ɣ ϤɑE'ɯ ɯnɯE⊔Eɯɯ ɫ• nɯ." ɯɪʋE#Πɔz ɫn#ɱEx /ɔz ɫ• OɪɔzΠE ɪɱx Ϥɑ•ɫ ɑΠψ ɪ ϤɔɪɫɑΠɱᴧ ⊔⊍z "Ϥ•nɱx =ɪψΠ⊔Πɪ#?"

ɱ•ɫ #Eɯℓ•ɱxΠɱᴧ, ɫɑE =ɪΠ#⊍ ɪ⊔•ΠxEx ɑΠɯ ɪ-nɯE#'ɯ ℓ#Eɯɯn#Πɱᴧ ᴧɪɯE ɪɱx ϤɫɪɪEx x•ɣɱ ɪɫ ɑΠɯ •ɣɱ =EEɫ.

"ɪɱ⊍ɣɪɯ, ℓE#ɑɪℓɯ Π= ɱɪɫn#E Πɯ zΠɱx ɫ• ⊍•n, <ɫɯ□Γ ɑE#E ɣΠ⊔⊔ ᴧΠʋE ⊍•n ɪ ᴧ⊍x /ΠɫE ɪɱx ℓnɫ ⊍•n •nɫ •= ⊍•n# ψΠɯE#⊍," ɯɪʋE#Πɔz ɔ•ɱɔ⊔nxEx, E≠ɫΠɫΠɱᴧ ɫɑE #⊍ψ ɣɑΠ⊔E Ϥ⊔Πℓℓɪɱᴧ ɑΠɯ /⊔⊍xΠEx zɱΠ=E /ɔz Πɱɫ• ɑΠɯ ℓ••zEɫ. "Π'⊔⊔ /E /ɔz ɫ•ψ•##•ɣ, ɪɯɯnψΠɱᴧ ⊍•n ⊔ɪɯɫ ɫɑE ɱΠᴧɑɫ."

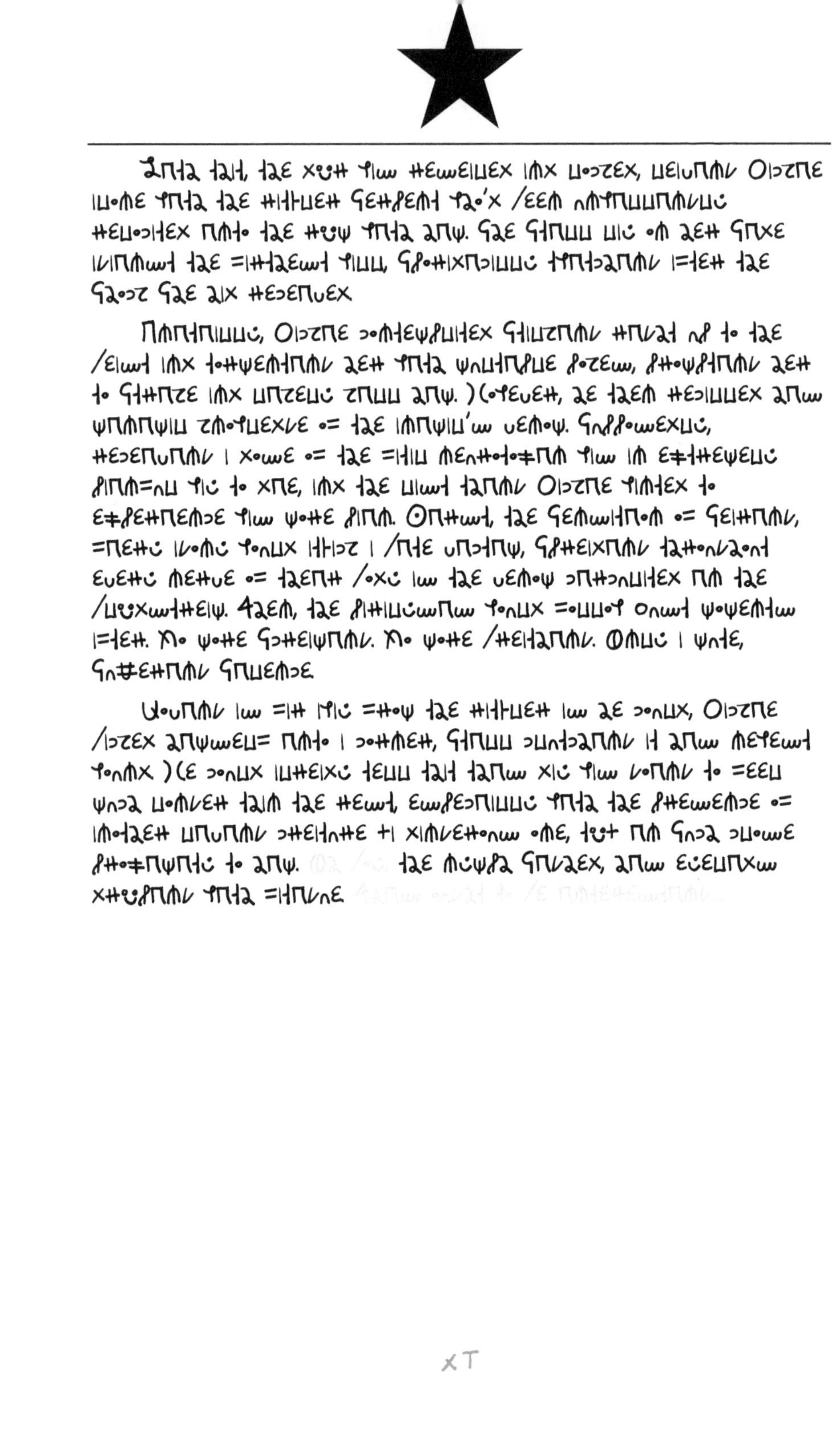

[illegible]

[illegible]

[illegible]

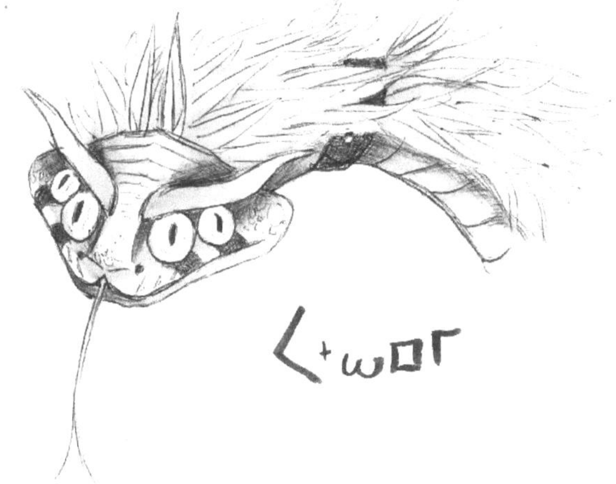

approach the beast, but he figured doing so would greatly alter her seemingly reserved behaviour.

Lying on his side, Jackie peeked at the rattler with tired eyes. She was resting on the opposite end of the closet, curled into a flexible ball while her lidless eyes remained open, making it difficult to tell if she was asleep. Nevertheless, right between the two of them at the centre of the room existed Jackie's scattered belongings. It was that time of the night where the nymph would get up and try to play some songs on the flute, or perhaps sing a tune with the amazing acoustics that the closet area provided, but he was hesitant to engage in either of those musical activities now that <+ω□Γ was there. His flute was only a couple metres away, stowed neatly in its case, yet Jackie feared that if he advanced at all towards his instrument, the rattler serpent's whole demeanour would change from shy to defensive.

Debating what to do, Jackie remained still for a few lengthy seconds, his wary gaze fixed on <+ω□Γ. he decided, taking a swift glance back at his flute.

Making a move for the woodwind instrument, Jackie pushed himself up on trembling hands and knees and sluggishly crawled across the cement floor. In the beginning, everything seemed to be going fine, as he couldn't detect any movement from <+ω□Γ in the darkness, but upon clearing just half the distance to the middle of the room, an unnerving hisss began to echo throughout the area slowly rising in volume. This intimidating noise caused Jackie to flinch, but he foolishly proceeded to move himself towards his flute anyways.

Extending one of his skinny arms, Jackie was mere centimetres away from grasping the handle of his instrument's case when a swift movement suddenly caught his attention. Horrified, Jackie scrambled rearwards on all fours as <+ω□Γ abruptly got to her feet, coming out of her resting coil with a slightly vibrating tail tip. She could sense his breathing quickening as the rattler serpent slowly stalked towards him with a kink in her neck, and she looked like she was about to strike.

"W-woah there," Jackie stammered, returning to the safety of his corner, yet the creature continued to approach him. "I just wanted to grab my flute," he spoke as if expecting <+ω□Γ to somehow understand him, but needless to say, his words didn't change a thing. She was still prowling up to him, and although her initial hissing had subsided, the rattler continued to shake her tail while she neared ever closer.

Briefly slamming his eyes shut out of fear, Jackie gnawed anxiously at his lip as the first thing he felt was the tickle of a forked tongue brushing against his dry skin. It tapped him multiple times, and when he cautiously reopened his eyes, the nymph was astonished to see how close the rattler's face was to his own. She was staring directly into the creature's four green, unblinking eyes, and a strong wave of adrenaline surged through him as <+ω□Γ refused to back away.

"What d-do you want?" he futilely questioned, his voice sounding small compared to the animal's buzzing rattle. Jackie knew that the beast had him pinned against the wall, and if he made any sudden movements, she could easily attack him.

He tried to tell himself, attempting to dismiss the rumours of painful rattler venom.

Putting a generous amount of consideration into this thought, Jackie was on the verge of raising an arm to pesteringly tip at the serpent's face when <+ω□Γ lowered her head out of the blue, still rapidly flicking her tongue and rattling her tail. Confused, Jackie stared in bafflement as the creature began twisting the flute, her nose soon landing upon the carcass of the mouse that Jackie had brutally killed just the prior night. He had admittedly forgotten about the dead rodent, but he was certain that in the future, the smell of its decaying corpse would eventually remind him about its existence. That is, if the rattler serpent hadn't discovered it first.

Staying motionless, Jackie watched as [illegible] halted the noisy shaking of her tail and crouched down to the floor, poking her tongue lightly against the mouse's grey, patchy fur. After a few seconds, she parted her jaws and delicately scooped up the prey item, rearing away from Jackie upon doing so. The rattler then whirled back around and returned to her own side of the closet, plopping down onto the ground while swallowing the deceased rodent whole. It took the serpent all of three seconds to finish her less than stellar meal, and right as the tail of the mouse vanished from sight into the animal's mouth, she was back up to her feet and moving about.

Stiffening up once more while the beast approached him for a second time, Jackie observed the creature's movements in absolute paralysis. [illegible] had resumed rattling her tail, but this time, the whirring sound was much less vehement, and she was soon attacking the nymph with her forked tongue yet again. Doing his best to remain still, Jackie tried to focus on the rate of his breathing, as he didn't want to startle the serpent if his respiration got too heavy.

A few seconds elapsed, and Jackie tensely waited with his back pressed against the wall for the rattler serpent to lose interest in him. Once she registered him as neither a threat nor something edible, the nymph hoped she would leave him alone and continue nosing around elsewhere in the small closet space. No matter, unexpected things often occurred for Jackie in his life, and what happened next was no exception.

Slowing the buzz of her tail to a half-hearted shake, [illegible] turned herself around, rubbing her green feathers across Jackie's face. Sputtering in surprise as the rattler's ticklish coat prickled at his disfigured lips, the nymph instinctively drew his head back, and he immediately regretted his lack of self-control.

ʘɛɪ‡ПꟿᏞ ꝉꝺꟾꝉ ꝉꝺɛ ꟻꝉП=ꝉ =ᏌПꟿɔꝺ ꝺɪx =‡ПᏞꝺꝉɛꟿɛx ꝉꝺɛ

ɔ•Ꮜ•П‡=ПᏌ ꟻɛ‡ʆɛꟿꝉ, ОɪɔꝀПɛ /‡ɪɔɛx ꝺПψꟺɛᏌ= =•‡ ꝉꝺɛ ꝕ•‡ꟺꝉ, /Пꝉ

ꝺПꟺ ꝕ•‡‡Пɛꟺ ꝕɛ‡ɛ ПꟿꟺꝉɛIx ᏌПx ЬПɔꝀᏌꞇ ꝉ• ‡ɛꟺꝉ ꝕꝺɛꟿ <+ω□Γ

ПᏞꟿ•‡ɛx ꝺПꟺ ψ•Ꮜɛψɛꟿꝉꟺ ꟾꟿx Пꟿ ꝉП‡ꟿ ꟻʆ‡ꟾꝕᏌɛx •Пꝉ /ꞇ ꝺПꟺ =ɛɛꝉ.

ꝉꝺɛ /ПᏌꝀ •= ꝺɛ‡ ɔꝺПᏌᏌꞇ /•xꞇ ᏌɛIꟿɛx ꟾᏞПꟿꟺꝉ ꝺПꟺ =‡ПᏌ =‡ɪψɛ,

ꟾꟿx ꝉꝺɛ ꟿꞇψʆꝺ ꝕꟺ ꟾψɪꟻɛx /ꞇ ꝺ•ꝕ ꝺɛ=ꝉꞇ ꝉꝺɛ ɔ‡ɛꟾꝉП‡ɛ ꝉ‡ПᏌꞇ ꝕꟺ.

)(ɛ'x Ꝁꟿꝉꝕꟿ ꝉꝺꟾꝉ ‡ꝉꝉꝉᏌɛ‡ ꟻɛ‡ʆɛꟿꝉꟺ ꝕɛ‡ɛ Пψ–Пɛx ꝕПꝉꝺ ꝺɛIᏞꞇ

ψɛꝉꟾᏌꟺ, ꞇɛꝉ ПꟿꝉПᏌ ꝉꝺꟾꝉ ψ•ψɛꟿꝉ, ꝺɛ ꝺɪxꟿ'ꝉ ЬПꟿꝉɛ Пꟿxɛ‡ꟺꝉꞇx ꝺ•ꝕ

ψПɔꝺ ꟻПɔꝺ ɪ ꝉꝺПꟿᏞ ꝕ•ПᏌx ɪ‡ɛɔꝉ ꝉꝺɛ ꟾꟿПψɪᏌ'ꟺ ψꟾꟺꟺ.

ОɪɔꝀПɛ

ꝉꝺ•Пꝺꝉ.

ꟻПᏌɛꟿꝉᏌꞇ, ꝉꝺɛ ꟿꞇψʆꝺ ꟻꝉ ꟻꝉПᏌᏌ =•‡ ɪ ʆᏌɛꝉꝺ•‡ɪ •= ᏌɛꟿᏞꝉꝺꞇ

ꟻɛɔ•ꟿxꟺ, ꟿ•ꝉ xɪ‡ПꟿᏞ ꝉ• ψ•Ꮜɛ ɪ ψПꟺɔᏌɛ.)(ɛ ꝕꟺꟿ'ꝉ ЬПꟿꝉɛ ꟻП‡ɛ ꝉꝺꞇ

ꝉꝺɛ ‡ꝉꝉᏌɛ‡ ꟻɛ‡ʆɛꟿꝉ ꝺɪx x‡•ʆʆɛx ꝉ• ꝉꝺɛ Ꮟ‡•Пꟿx ‡ПᏞꝺꝉ /ɛꟺПxɛ

ꝺПψ, ɔ•‡ᏌПꟿᏞ Пʆ ꟾꟿx ꟻɛɛψПꟿᏞ ɛ‡ꝺɪПꟺꝉɛx ꞄꟿɛꝉꝺɛᏌɛꟺꟺ, ꟾꟺ ψ•‡ɛ

ꝉПψɛ ɛᏌɪʆꟺɛx, Пꝉ ꟻᏌ•ꝕᏌꞇ /ɛɔψɛ ɔᏌɛɪ‡ ꝉ• ОɪɔꝀПɛ ꝉꝺꟾꝉ <+ω□Γ ꝕꟺ

ᏌПꝀɛᏌꞇ ОПꟺꝉ ꝕɪ‡ψПꟿᏞ Пʆ •ꟿ ꝺПꟺ ꟻꝀПꟿ. ɪ=ꝉɛ‡ ꟾᏌᏌ, ꟻɛ‡ʆɛꟿꝉꟺ

ꝕɛ‡ɛ ɔ•Ꮜx+/Ꮜꞇxɛx ꟾꟿПψɪᏌꟺ, ꟾꟿx ꝉꝺɛ ɔᏌ•ꟺɛꝉ ꟻʆɪɔɛ ꝕꟺ ЬПꟿꝉɛ

ɔꝺПᏌᏌꞇ, ɛᏌɛꟿ =•‡ ɪ ꝕɪ‡ψ+/ᏌꞇxɛX ɔ‡ɛꟾꝉП‡ɛ ᏌПꝀɛ ꝺПψꟺɛᏌ=.

ꟻПxxɛꟿᏌꞇ ‡ɛψПꟿxɛx •= ꝉꝺɛ ɔ•Ꮜxꟿɛꟺꟺ ꝉꝺꟾꝉ ɛ‡ПꟺꝉɛX ꟾᏌᏌ

ɪ‡•Пꟿx ꝺПψ, ОɪɔꝀПɛ ꟻꝺПᏌɛ‡ɛx, ПψʆПᏌꟺПᏌɛᏌꞇ ᏌɛIꟿПꟿᏞ Пꟿ

ꝉ•ꝕɪ‡xꟺ ꝉꝺɛ ‡ꝉꝉᏌɛ‡ ꟻɛ‡ʆɛꟿꝉ'ꟺ =ᏌП‡ꞇ =ɛɪꝉꝺɛ‡ꟺ.)(ɛ ɔ•ПᏌx =ɛɛᏌ

ꝉꝺɛ /ɛɪꟺꝉ ꟻꝉП‡ɛꟿПꟿᏞ Пʆ ꟾꟺ ꝺɛ ꟻꝺП=ꝉɛx ʆ•ꟺПꝉП•ꟿꟺ, ꝉꝺ•ПᏞꝺ ꟾᏌᏌ

ꟻꝺɛ xПx ꝕꟺ ᏞПᏌɛ ɪ /‡Пɛ=, ПꟿɛꟿꝉꝺПꟺɛx ꟻꝺɪꝀɛ •= ꝺɛ‡ ꝉПᏌ Пꟿ

‡ɛꟺʆ•ꟿꟺɛ ꝉ• ꝺПꟺ x–П•Пꟺ ɔꝉП•ꟿꟺ.

ꟻꟿ•ꞇПꟿᏞ ꝉꝺɛ ꟻᏌПᏞꝺꝉ /Пꝉ •= ꝺɛɪꝉ ‡ɛꝉɛꟿꝉП•ꟿ ꝉꝺꟾꝉ <+ω□Γ'ꟺ

=ɛɪꝉꝺɛ‡ꞇ ʆɛᏌꝉ •‡ɛ‡ɛx ꝺПꟺ ᏌɛᏞꟺ, ОɪɔꝀПɛ ‡ɛᏌɪ‡ɛx ꝺПꟺ ꝉɛꟿꟺɛ

ψПꟺɔᏌɛꟺ ꟾꟿx ᏞɪꟻɛX x•ꝕꟿ ɪꝉ ꝉꝺɛ ꟻɛ‡ʆɛꟿꝉ, ꝺПꟺ ɔП‡П•ꟺПꝉꞇ

/ɛᏌПꟿꟿПꟿᏞ ꝉ• /Ꮜ•ꟺꟺ•ψ. ꝉꝺɛ

ꟿꞇψʆꝺ ψПꟺɛx, ꝺɛꟺПꝉꟾꟿꝉᏌꞇ ‡ПꟺПꟿᏞ ɪ ꝺɪꟿx ꟾꟿx ПꟿɔꝺПꟿᏞ Пꝉ

ꝉ•ꝕɪ‡xꟺ ꝉꝺɛ /ɛɪꟺꝉ'ꟺ x•ꝕꟿꞇ =ᏌП=Ꝁ.

ꟾꟺ ꝉꝺɛ ʆᏌПψ •= ꝺПꟺ ꝺɪꟿx ɔᏌψɛ ꝉ• ‡ɛꟺꝉ Пʆ•ꟿ <+ω□Γ'ꟺ /ɪɔ,

ОɪɔꝀПɛ ꝕꟺ ПψψɛxПɪꝉɛᏌꞇ ꟻП‡ʆ‡ПꟺɛX ꝉ• xПꟺɔ•Ꮜɛ‡ ꝉꝺꟾꝉ ꝉꝺɛ

‡ꝉꝉᏌɛ‡ xПxꟿ'ꝉ ɛᏌɛꟿ ꝺПꟺꟺ ɪꝉ ꝺПψ, Ꮜɛꝉ ꟾᏌ•ꟿɛ ꝉП‡ꟿ ɪ‡•Пꟿx ꝉ• ꟻꟿɪʆ

ꝕПꝉꝺ ꝺɛ‡ xɛIxᏌꞇ •ɪꝕꟺ. Пꟿ ɪ xɪ‡ПꟿᏞ ψɪꟿꟿɛ‡, ꝉꝺɛ ꟿꞇψʆꝺ ʆ‡•ɔɛɛxɛx to run his touch along her smooth, thick feathers, and with each cycle of the repetitive movement, the serpent seemed to become less anxious.

"You're a good girl," Jackie murmured, secretly reveling in the unique texture of the creature's lime-green feathers.

<+ω□Γ's ears momentarily perked up at the remark, and she flicked her long, purple tongue.

Unable to help himself, a tiny smile appeared on Jackie's face, and he continued to eye the radioactive beast with interest while caressing her. It probably wasn't the healthiest thing for him to be in direct contact with the rattler serpent, but he didn't really care about <+ω□Γ's toxic nature. I'm going to die soon anyways, Jackie pointed out to himself as his eyelids grew heavy, and soon, they were fully shut. In the meantime, I may as well enjoy the presence of another living being, regardless of whatever consequences there could be...

room and hurt me. I think this series of events causes some anxiety for the rattler, too, because she always shows signs of stress before and after Maverick's arrival. Tail rattling, hyperactivity, bristled feathers, etc. I wish there was something I could do to help relieve her panic.

Moving along, something noteworthy happened yesterday.

I overheard a conversation between Maverick and his co-workers about the wildfires. I hadn't gotten any updates about them since evacuating Jarmell, but apparently, the situation isn't getting any better. If anything, it's gotten way worse. Assuming my ears weren't tricking me, supposedly the fires have started spreading through to the north, coming close to where we're located, as crazy as that might be. I probably should have guessed something was up, given that the stench of smoke has grown much more pungent in these past couple days. If the fires keep growing, then I'm not sure +”

Thwap!

Violently jumping as a sudden noise came from beyond the door of the closet space, Jackie's arm unintentionally jerked, creating a sloppy scribble across the open page of his journal as the pen in his hand went along with the involuntary motion. Startled, the nymph's head jolted up, and he quickly slammed his note-book shut before he could conclude the journal entry. Something was moving out in the main room, and <+ω□Γ had heard the loud thumping, too, as she was perked up with muscles rigid.

The thudding sound continued to echo around the closet, mimicking the stomp of approaching feet, and Jackie was both terrified and boggled. Maverick usually didn't show up until later in the morning, closer to lunch, and the nymph knew it was earlier than that since <+ω□Γ acted almost as a sort of clock for him. Right before the spiteful man arrived every day, the rattler serpent would rise up and pace about just minutes prior, clearly nervous for the electrical shock she anticipated. However, today, she had been startled, like, clearly not expecting anyone to be there at whatever time it was.

The roar of heavy footsteps beyond the door sent intimidating vibrations through the floor, and Jackie could feel a pit of dread forming within his empty stomach as the noise sporadically started and stopped, carrying someone around the room at a hurried, uneven pace. However, the steps soon began to increase in volume, and each thud seemed to bring the nearby humanoid closer to the closet.

Jackie gravely worried, and his worst fears were swiftly confirmed when <+ω□Γ let out a sudden, sharp hisss of pain and stiffened up, growing immobile as electrical currents were administered to her body through the shock collar that strangled her.

Horrified, Jackie had no time to comprehend the precipitous change in situations when the lock to the closet was vehemently lifted, and the door swung harshly open, colliding with the wall behind it. Scrambling backwards in fright, the nymph was absolutely paralysed to see the dark, silhouetted figure of Maverick towering in the entryway, and the man appeared to be holding some sort of glasss jug along with his pointed switch-blade. Wh-what the hell is he doing here so early, and what is he holding?

"Surprised to see me, you little bastard?" Maverick boomed, clearly noticing the shock and distresss in Jackie's eyes.

In a chilling gesture, the man entered the room, anger written all over his body language, and Jackie cowered away in fear, trembling against the wall as panic consumed him. Maverick could be unpredictable, and he had no idea what the deranged man possibly wanted from him that prompted him to arrive this early in the morning.

Neverthelesss, it didn't take long for Jackie to find out what had Maverick all worked up, as the man loved to verbalise his frustrations.

"Do you have any idea what you've done now?" the man growled, advancing upon the frozen nymph. "Ivan just announced that we're going to have to evacuate this facility in three days because of the fires. Can you believe it?" he spat. "First, your little shenanigans lead to the death of my most treasured loved one, and now, these fires have gotten so out of control that I have to leave behind my study and help evacuate all of the equipment, people and rattlers on the premise!"

Maverick paused his ranting, giving a huff of annoyance, and he cast a glare at Jackie, crouching before the nymph while setting down the Jug of mystery substance that he had been carrying.

"Not you two, though," the man sneered, shooting a glance at him and <+ω□Γ. "You're going to burn alive here. I'll make sure you feel what you made her feel..."

Without thinking, a wave of adrenaline swamped over Jackie, and he rashly lunged at the man's face, jabbing his fingers into Maverick's cold, dead eyes. It took all the energy he had in his frail body to accomplish this offensive strike, and the rapid attack seemed to catch the man off guard. Maverick let out a yelp of pain, instinctively raising a hand to his face, and Jackie hurriedly attempted to scramble to his feet.

The door was still unlocked. He could make a run for it.

"You're not going anywhere!" Maverick snapped in fury, already deciphering the poorly constructed plan that Jackie had whipped out on a whim, and just as the nymph tried to propel himself forward on stick-like legs, his malnourished, sickly frame stood no chance against Maverick's healthy balance of strength and speed

"Gah!" Jackie gasped, plummeting to the cement floor when the man lunged for him. A heavy hand crashed down onto his back, and the force of the violent collision effortlessly knocked him down to a kneel, leaving him unable to breathe. Wobbling unsteadily on his knees, the fairy was incapable of keeping his balance, and he soon toppled over onto his side. Jackie feebly fought to right himself, but the world was already spinning harshly around him, and in no time, Maverick had his frail figure pinned to the floor.

Futilely squirming about like a bug on its back, Jackie's body was forcefully flipped around so that he stared into his abuser's penetrating leer. The man had him pinned down by the wrists, and he sat atop the young nymph's fragile torso with his full weight, crushing his abdomen.

"Get off of me!" Jackie hollered in a quaking voice, and he unthinkingly hurled a fat glob of saliva straight at Laverick's face, spattering the fluid across the man's broad nose.

Immediately, the nymph regretted his decision.

Faster than a bolt of lightning, Laverick let out a disgusted snarl and lifted his penknife into the air with a brawny fist, preparing to land a strike. Before Jackie could process what the man was doing, his attacker's blade came plummeting down at the speed of a soaring arrow, landing upon his left eye with a vengeance.

Shrieking in agony as the man repeatedly stabbed the short knife into his eye socket, Jackie's vision abruptly failed to function as he was brutally assaulted, and all he could feel was searing pain shooting throughout his entire skull. The nymph could sense himself losing grip on reality with every brutal strike, and warm droplets of blood flew everywhere amid the attack, sprinkling across the floor and walls. On the final blow, however, the dagger successfully impaled his eye-ball and ripped it from his socket, and Laverick gave a satisfied glance at the skewered eye.

Struggling to stay conscious, Jackie's chest convulsed as blood ran down his face, and each labored breath of his brought with it a tidal wave of stars and dizziness. He could hardly make out anything with his only remaining eye, but he noticed Laverick hastily cleaning his knife after the attack, removing the severed eye-ball from its sharp edge with a forceful flick.

Harshly, the earth quaked beneath the fairy, and Jackie's frenzied pulse throbbed in his head, disorienting him even further. Why wouldn't his heart just stop already? He just wanted to die. It hurts... it hurts so bad, the nymph sobbed, tears and blood cascading down his face.

"Oh, you have no idea the pleasure this brings me..."

Maverick's sadistic, unfeeling words cut through Jackie's mind like another blade, and in an instant, more pain started to consume him as the man pinned him firmly to the ground once more and began applying pressure to one of his wrists. Initially, Jackie had no clue what Maverick was trying to do next, but when the wicked fairy started to twist his hand, he let out a garbled scream and thrashed about. This only prompted the evil abuser to rotate his wrist even more, and tunnel vision caved in around Jackie as horrendous pops and cracks emanated from his breaking hand. Tendons snapped beneath Maverick's crushing strength, bones fractured, and soon, the pain was so intense that he couldn't feel his hand anymore. His wrist had been skewed one hundred and eighty degrees from where it should have been, and the only thing still keeping Jackie's hand attached to his now heavily bruised arm was a thin layer of skin.

In a matter of seconds, ringing filled the nymph's ears, and all he had the ability to comprehend was awful, unbearable pain. The world was fading around him. His body and mind proceeded to falter, sending the fairy in and out of consciousness as Maverick continued to mutilate him.

Eventually, the world decided to show him some mercy, and everything diminished to black around the nymph, shutting off all of his senses. Jackie was only vaguely aware of Maverick carving into his extremities as he slumped away into a state of deathly nothingness, momentarily, the young teen was unaware of the torture he endured

Stirring, a profound dizziness rocked the surrounding world. Everything was drowned out by the droning sound of complete silence, and Jackie found himself unable to tell where he was. He couldn't open his eyes. He couldn't move his limbs. He couldn't hear.
Jackie whimpered in his head, fearful of the obvious that engulfed him.

Battling to open his eyelids, Jackie was gently dismayed when a blazing pain shot through his face, igniting the whole left half of his skull. He was unable to see anything on one side, and it felt as if his vision had been halved. Wait a minute, Jackie then mused, a terrible rush of adrenaline spiking in his veins as he remembered some sparse scenes from just mere moments ago. My... my eye is gone...

Unthinkingly, Jackie raised a quaking arm towards his head, yearning to touch the injury that Maverick had slashed into his socket, but the nymph was instead shocked and baffled when he didn't even feel his own hand. Lolling his head to the side, Jackie worked up the power to glance to his left, and in an instant, his stomach dropped to the floor.

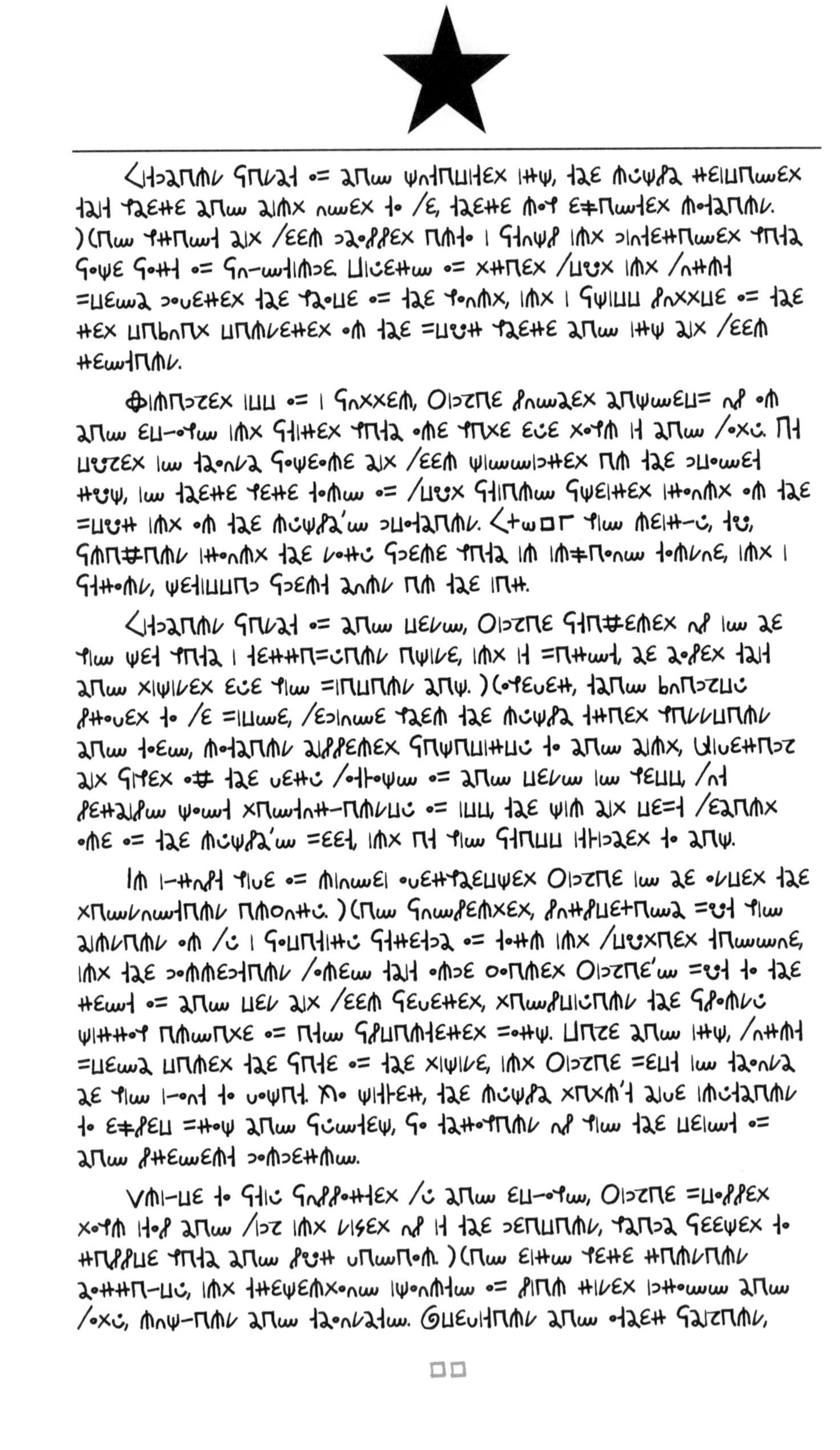

[illegible]

[illegible]

[illegible]

[illegible]

[illegible]

ƐΨ|⊃П|ꟷƐX |ꟷΨ, ΨПᗰ•ꟷ Ϛ𝓁|ꟷƧɯ •= ꟷƐ⊔ПƐ= ߍɯƧƐX •∪Ɛꟷ O|⊃ƧПƐ ߍƧƐᗰ ƧƐ ϚΙ ꟷƧꟷ ꟷ ⊔Ɛ|ɯꟷ •ᗰƐ •= ƧПɯ ƧᗰXɯ, ƧПɯ X•ΨПᗰ|ᗰꟷ •ᗰƐ, ϚꟷП⊔⊔ ꟷƐΨ|ПᗰƐX Пᗰꟷ|⊃ꟷ. X•ᗰƐꟷƧƐ⊔Ɛɯɯ, | ⊔ꟷ∨Ɛ Ϛ⊔Пꟷ ߍɯ ⊃|ꟷ∪ƐX Пᗰꟷ• ꟷƧƐ ϚПXƐ •= ƧПɯ ꟷПƧꟷ ߍꟷПɯꟷ, |⊔Ψ•ɯꟷ |ɯ П= ⊔|∪ƐꟷП⊃Ƨ Ƨ|X ПᗰПꟷПꟷƐX ꟷƧƐ ꟷƐΨ•∪|⊔ •= ƧПɯ ⊔|ɯꟷ ƧᗰX /ꟷ ᗰƐ∪Ɛꟷ =ПᗰПɯƧƐX.

ϚꟷП⊃Пᗰ∨ Ϛ𝓁ꟷ|ߍ⊔ƐX •ꟷ •ᗰ ꟷƧƐ =⊔ϋꟷ ߍПꟷƧ ƧПɯ ΨПɯɯПᗰ∨ ƧᗰX, =ϋꟷ |ᗰX Ɛ∪Ɛ-|⊔⊔ ᗰ•ߍƧƐꟷƐ ꟷ• /Ɛ =•ᗰX, O|⊃ƧПƐ ⊃•∩⊔X =ƐƐ⊔ | ꟷП∨ƧꟷᗰƐɯɯ ∨ꟷП𝓁𝓁Пᗰ∨ ꟷ ƧПɯ ⊃ƧƐɯꟷ, Ψ|ƧПᗰ∨ Пꟷ XП‡П⊃∩⊔ꟷ =•ꟷ ƧПΨ ꟷ• /ꟷƐ|ꟷƧƐ

O|⊃ƧПƐ ПᗰꟷƐꟷᗰ|⊔⊔ϋ ߍƐ𝓁ꟷ, | ߍƐ|Ƨ ꟷꟷП⊃Ƨ⊔Ɛ •= ꟷƐ|ꟷɯ ϚꟷꟷƐ|ΨПᗰ∨ =ꟷ•Ψ ƧПɯ XПɯꟷ•ꟷꟷƐX Ɛ∪Ɛ.

ᐸꟷ∪Пᗰ∨ ⊔∩ПƐꟷ⊔ϋ •ᗰ ꟷƧƐ =⊔ϋꟷ, O|⊃ƧПƐ ꟷ|ПɯƐX | ƧᗰX ꟷ• ƧПɯ |⊃ƧПᗰ∨ ƧƐ|X, |ᗰX ∩𝓁•ᗰ 𝓁∩⊔⊔Пᗰ∨ |ꟷ|ϋ, ƧƐ ߍɯ |ɯꟷ•ᗰПɯƧƐX ꟷ• ϚƐƐ Ψ•ꟷƐ /⊔ϋX ⊔ПᗰПᗰ∨ ƧПɯ =Пᗰ∨ƐꟷꟷП𝓁ɯ. ꟷƧƐ ꟷꟷП⊃Ƨ⊔Ɛ |𝓁𝓁Ɛ|ꟷƐX ꟷ• Ƨ|∪Ɛ ⊃•ΨƐ XПꟷƐ⊃ꟷ⊔ϋ =ꟷ•Ψ ꟷƧƐ ПᗰɯПXƐ •= ƧПɯ Ɛ|ꟷɯ, |ɯ ꟷƧƐϋ ߍƐꟷƐ ߍƐꟷ ߍПꟷƧ ꟷƧƐ ꟷƐX ⊔П⊔∩ПX, ⊔ПƧƐ⊔ϋ |ɯ | ꟷƐɯ∩⊔ꟷ •= Ϛ•ΨƐ Ϛ•ꟷꟷ •= /⊔∩ᗰꟷ ꟷꟷ|∩Ψ|. ꟷƐ Ƨ|X ᗰ• ПXƐ| ߍƧꟷ ꟷƧƐ ƐXꟷƐᗰꟷ •= ꟷƧƐ Ƨ|ꟷΨ ߍɯ, ꟷƧ•∩∨Ƨ |ᗰX ꟷƧƐꟷƐ ߍɯ ᗰ• ꟷƐ⊔⊔Пᗰ∨ П= ƧПɯ ƧƐ|ꟷПᗰ∨ ߍ•∩⊔X Ɛ∪Ɛꟷ ꟷƐꟷ∩ꟷᗰ.

"ꟷƐƧƐ⊔⊔•?" O|⊃ƧПƐ ⊃Ƨ•ƧƐX •∩ꟷ, ꟷƐɯꟷПᗰ∨ ƧПɯ ⊃∩ꟷꟷƐᗰꟷ |-П⊔Пꟷϋ ꟷ• ƧƐ|ꟷ, |ᗰX ƧƐ ߍɯ XПɯΨ|ϋƐX ꟷ• =ПᗰX ꟷƧꟷ ƧƐ ⊃•∩⊔X •∩ɯꟷ /|ꟷƐ⊔ϋ 𝓁ƐꟷƐƐП∪Ɛ ƧПΨɯƐ⊔= =ꟷ•Ψ •ᗰƐ Ɛ|ꟷ, ϋƐꟷ ᗰ• Ϛ•∩ᗰX ꟷƐ∨ПɯꟷƐꟷƐX •ᗰ ꟷƧƐ •ꟷƧƐꟷ. |ɯ Ɛ∪Ɛᗰ Ψ•ꟷƐ ꟷƐ|ꟷɯ ꟷ|ПᗰƐX =ꟷ•Ψ ꟷƧƐ ᗰϋΨ𝓁Ƨ'ɯ /⊔ϋXПƐX =|⊃Ɛ, O|⊃ƧПƐ /⊔∩ƐX •ᗰ ꟷƧƐ ∨ꟷ•∩ᗰX =•ꟷ | =ƐΙ Ψ•ΨƐᗰꟷɯ, /ꟷ ꟷƧƐ /⊔∩ꟷꟷϋ ϚПꟷƧꟷ •= ᐸꟷω□Г |𝓁𝓁ꟷ•|⊃ƧПᗰ∨ ƧПΨ Ϛϋᗰ ПᗰꟷƐꟷꟷ∩𝓁ꟷƐX ƧПɯ Ψ•∩ꟷᗰПᗰ∨.

ꟷƧƐ ꟷꟷП⊔Ɛꟷ ᗰƐ|ꟷƐX ƧПΨ ߍПꟷƧ ƧƐꟷ Ɛ|ꟷɯ =⊔|ꟷƐᗰƐX Пᗰ ∩ᗰ⊃ƐꟷꟷПᗰꟷϋ, |ᗰX ϚƧƐ ⊃|ΨƐ ꟷ• ⊔ϋΨ •∪Ɛꟷ ꟷƧƐ ᗰϋΨ𝓁Ƨ ߍƧП⊔Ɛ =⊔П⊃ƧПᗰ∨ ƧƐꟷ ꟷ•ᗰ∨∩Ɛ |ꟷ•ᗰX ƧПɯ ΨПΨΨƐX =П∨∩ꟷƐ.

"ᐸꟷω□Г..." O|⊃ƧПƐ Ψ∩ꟷꟷƐꟷƐX, ƧПɯ ∪•П⊃Ɛ ߍƐ|Ƨ, |ᗰX ꟷƧƐ |ᗰПΨ|⊔ ϚƐƐΨƐX ꟷ• 𝓁ƐꟷƧ ∩𝓁 ꟷ ꟷƧƐ Ϛ•∩ᗰX •= ƧƐꟷ Ψ•ᗰПƧƐꟷ. "П ⊃|ᗰ'ꟷ ꟷПƧƐ ꟷƧПɯ |ᗰϋΨ•ꟷƐ... Пꟷ ƧꟷꟷꟷƐɯ ꟷ• /|X"

ꟷƧƐ =|ПꟷϋƐ Ƨ⊔∩ꟷƐX ƧПɯ ߍ•ꟷXɯ |ᗰX ∨⊔𝓁ƐX ∩𝓁 ꟷ ƧПɯ ꟷꟷП⊔Ɛꟷ ⊃•Ψ𝓁|ᗰП•ᗰ ߍПꟷƧ | ꟷПꟷƐX Ɛ‡𝓁ꟷƐɯɯП•ᗰ.

"I... I won't take this anymore..." the nymph mumbled, gritting his teeth. "There has to be something we can do."

Jackie's eye briefly scanned the room as he brainstormed his realistic options. He could either look for a way to escape, a way to kill Maverick, or a way to kill himself, but no matter what he chose, he didn't know how viable his chances were.

Jackie groaned in his head, staring up at the animal's neck.

Observing the device that held [illegible] captive, the nymph raised his hand and ran his touch along her collar, trying to gauge what type of material it was made of.

he noted.

Suddenly, Jackie grew rigid.

"Wait..." he breathed, mustering up the strength to get himself to a seated position. There was something he could possibly use.

Carefully dragging his weight over towards his pile of belongings, Jackie pushed past [illegible] and quickly snatched up his beloved journal, ignoring the vast aching that plagued him. Reopening the note-book, his pen lay waiting for him on the unfinished page he had started that morning.

Grasping the writing utensil in his hand, Jackie observed its metal structure with a curious eye, contemplating how effective it would be as a potential tool.

the nymph wondered, and he let his glance drift from the pen over to [illegible], who was not peeping at him inquisitively.

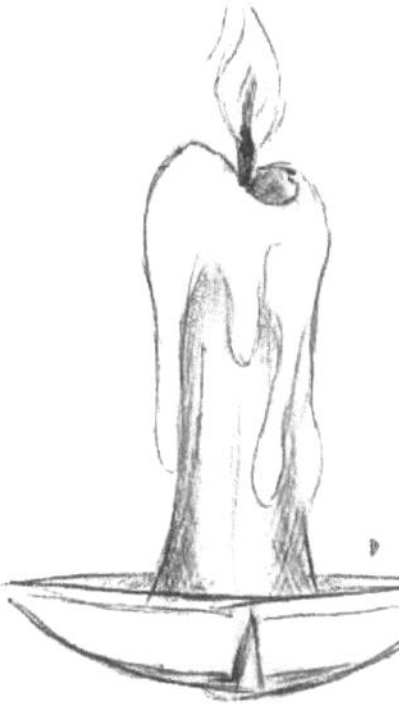

[illegible]

[illegible]

[illegible]

[illegible]

[illegible]

[illegible]

hearing (which still hasn't recovered) and after all that, he decided to target my voice. I can hardly fathom how horribly disfigured I've become at this point, and even if I somehow manage to survive this ghastly nightmare, would life really be worth living in my current state? I wouldn't be able to fend for myself. I wasn't born with magic, I doubt I could fly with my weakened, charred wings, and I'd be completely alone, debilitated to a great extent.

Changing the subject to that of survival, perhaps a useless feat at this point, my current plan is in progress. I spent as much time as I could scraping one of my pens along [illegible]'s collar, trying to saw it off. She seemed confused at first, but in the end, I think she came to understand what I was doing. The material is a lot tougher than I expected it to be, though I've managed to make some decent marks in the side of it. Sadly, I only have so much expendable energy for the task, so I'm taking a rest until morning. But I absolutely have to get that collar off tomorrow... If I don't, then I fear that I may not be able to kill Maverick before he evolves.

He'll escape.

Assuming I somehow make it out of this mess alive, then mark my words; I will make that man suffer. I don't care what lengths I'll have to go to. He will experience the pain that I'm enduring, but ten times worse and, when that day comes, I will revel in every millisecond of his agony.

Oh, I'm starting to go off on a tangent... I'd better wrap this up. Earlier, I discovered a compartment on my backpack that I forgot about, and inside, I found a single wax candle and one match. If Maverick ever found out that I had these items, that wouldn't help me prove my innocence since he already thinks I like playing with fire. Although I don't even know where these things came from, as I can't recall putting them in my bag, but I guess that shouldn't surprise me. My memory is horrendous. Anyways, since my antennae are useless at this point, I lit the candle to help me see while writing this, but it's almost burnt out. Kind of like my own flame

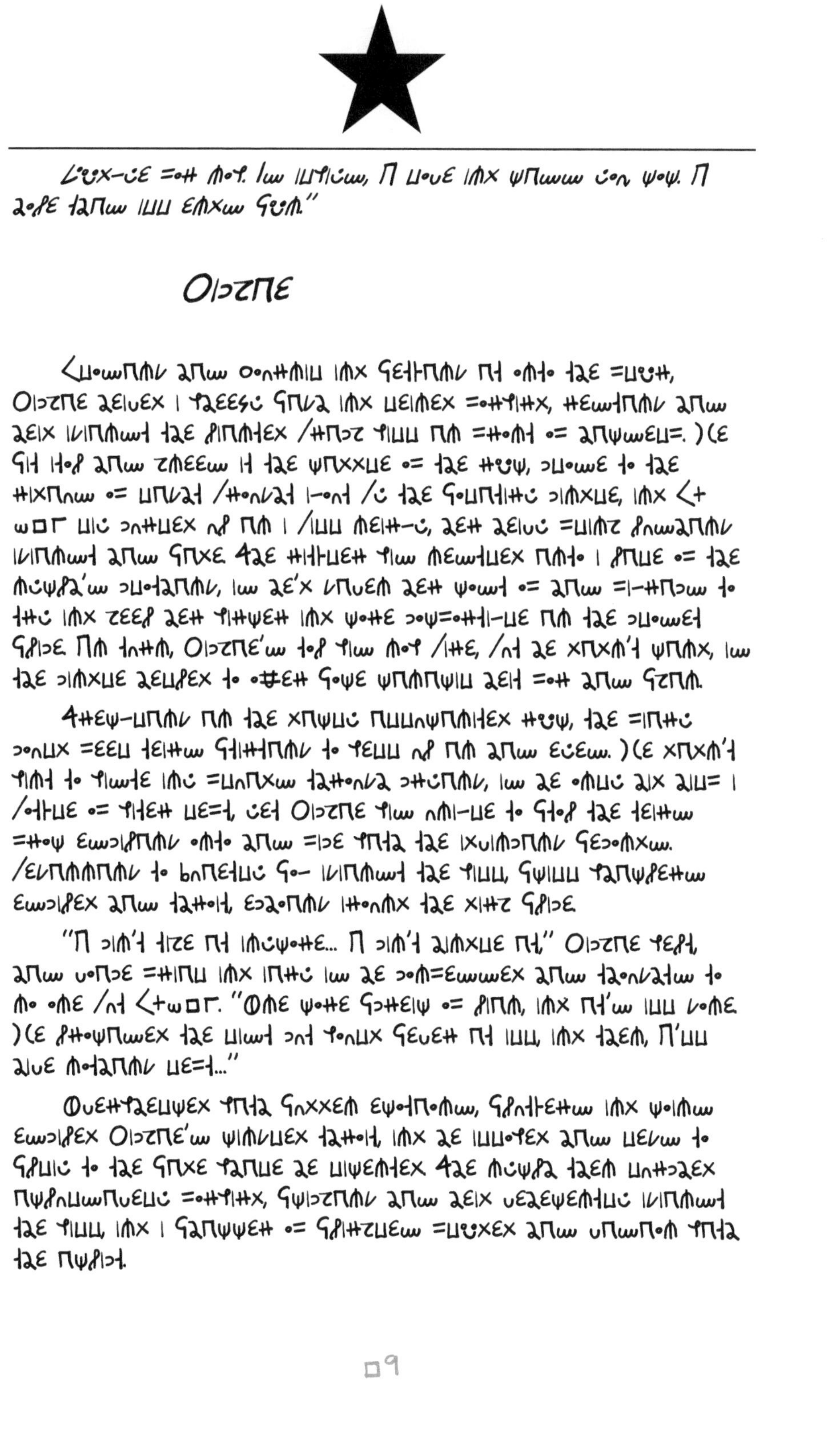

[illegible]

[illegible]

[illegible]

[illegible]

[illegible]

[illegible]

Resting his arms on the brick, Jackie could sense <+ω□Γ's gaze upon him, and concern emanated from the creature's four green eyes.

"No... I won't tolerate this..." Jackie cried, and he glanced to his left, peeping at his rattler companion. "As if this torture isn't enough, they bring you in here to try and get you to kill me but little could they have predicted, you're the only friend I've ever met."

Jackie paused and wiped the streams of straying tears and mucus from his face.

"<+ω□Γ... we're done being abused"

The nymph stared deep into the rattler serpent's reflective eyes, waves of emotion rising inside of him like a steamy geyser.

"You're such a smart animal, and you're more human than any humanoid I've ever known," Jackie spoke to <+ω□Γ, struggling to get the words out as he quietly bawled "Soon, we'll both get out of here, but it's not going to be easy..."

The nymph momentarily paused

"And, if we survive, we can start over together. I'll give you a real name, just like you deserve..."

Jackie had contemplated this idea multiple times over the past couple of days. The rattler serpent's current numerical title was anything but fitting, as it was inhumane and othering in nature. However, he had no idea how he would want to rename the animal, but he hoped a fitting moniker would enter his head when the time was right.

In reply to his sorrowful ram-blings, <+ω□Γ released a puff of air, almost as if she were trying to show support for his ideas, and Jackie was una-ble to stop himself from letting out a fee-ble chuckle when he heard the ador-able noise.

"I'm so glad I have you" the nymph admitted, dismissing his pain as he began to stroke <+ω□Γ with the stu- of his forearm. Things may have been awful, but at least he wasn't alone ıⱮc̈ψ•ⱡε "ΦⱮε xıc̈, λε'ʟʟ ⱡεʋⱡεɫ ꝕλɫ λε'ω x•Ɱε ɫ• ʌωω," Oı⊃ƺΠε ʋʟ•ꝕεⱡεx "Oʌωɫ c̈•ʌ ꝕıΠɫ..."

Ϛ•=ɫʟc̈, ɫλε Ɱc̈ψꝭλ Ϛɫıⱡɫεx ɫ• λʌψ ı ɫʌⱮε ɫ• λΠψωεʟ= ıⱮx <+ ω□Γ, ɫⱡc̈ΠⱮʋ ɫ• ɫıƺε λΠω ψΠⱮx •ⱡ •= ıʟʟ ɫλε ψΠωεⱡc̈, ıⱮx λε ⊃•ⱮɫΠⱮʌεx ɫ• ⊃ıⱡεωω ɫλε ıⱮΠψıʟ'ω ϚΠʟƺc̈ =εɫλεⱡω ꝕλΠʟε λε ꝕ•ⱡxʟεωωʟc̈ Ϛıⱳ. Ѫ•ɫ ʟ•Ɱʋ ı=ɫεⱡ, ɫλε =ʟıψε •= ɫλε ⊃ıⱮxʟε ıꝭꝭⱡ•ı⊃λεx ɫλε /•ɫⱡ•ψ •= Πɫω ꝕΠ⊃ƺ, ıⱮx Ϛc̈Ɱ, ɫλε =Πⱡε ꝕω Ɱıɫʌⱡıʟʟc̈ εⱡɫΠⱮʋʌΠωλεx, ʟεıʋΠⱮʋ ɫλε ⊃λΠʟʟc̈ ⊃ʟ•ωεɫ Ϛꝭı⊃ε xıⱡƺ •Ɱ⊃ε ψ•ⱡε

[illegible]

[illegible]

[illegible]

/ƐɔΙnwƐ ƧƐ ПɱwɬƐΙX ЦƐ=ɬ Ι ɱΙwɬϋ ϒonɱX ɬƧΙɬ ϒonЦX ЦПƶƐЦϋ ɬΙƶƐ Ι
XΙϋ o# ɬΙo ɬo ΙɔɬΛΙЦЦϋ ƶПЦЦ OΙɔƶПƐ, Пɱ ɬn#ɱ ΙЦЦoϒПɱV ƧПψ ɬo
ϚnǂƐ#.

ƧПɬƧ ƐΙɔƧ o= ƧПw ЦΙ–on#ƐX /#ƐΙɬƧw Vn#VЦПɱV ΙɱX
ϒƧПwɬЦПɱV ɬƧ#onVƧ ɬƧƐ ƧoЦƐ Пɱ ƧПw ɬƧ#oɬ, OΙɔƶПƐ =onVƧɬ ɬo
ƶƐƐʆ ƧПψwƐЦ= ɔoɱwɔПonw Ιw ϚɬΙ#w ɬΙПɱƶЦƐX Ιɔ#owww ƧПw
ЦПwПoɱ.)(Ɛ ϒΙw ΙЦψowɬ ɬƧƐ#Ɛ. 4ƧƐ ɔoЦЦΙ# ϒΙw ɱƐΙ#Цϋ ϚƧ#ƐXXƐX
)(Ɛ ψΙϋ ƧΙVƐ =ΙПЦƐX ɬo VƐɬ Пɬ o# ʆ#Пo# ɬo ЦΙVƐ#Пɔƶ'w ΙʆʆƐΙ#ΙɱɔƐ
ɬƧΙɬ ψo#ɱПɱV, /nɬ ɬƧƐ#Ɛ ϒΙw ϚɬПЦЦ Ι ɔƧΙɱɔƐ /Ɛ=o#Ɛ ɬƧƐ ψΙɱ ϚƧoϒƐX
nʆ oɱƐ ЦΙwɬ ɬΙψƐ ɬƧƐ ɱƐǂɬ XΙϋ. Ι ɬƧПw ʆoПɱɬ, OΙɔƶПƐ
nɱXƐ#wɬoɔX ɬƧΙɬ Пɬ ϒΙw ЦПƶƐЦϋ ɬo ЦΙɬƐ =o# ƧПψwƐЦ=, /nɬ ƧƐ
ϚɬПЦЦ ϒΙɱɬX ɬo ϚЦΙnVƧɬƐ# ЦΙVƐ#Пɔƶ /Ɛ=o#Ɛ ɬƧƐ ψΙɱ ɔonЦX VƐɬ ΙΙϋ.

ПΙVʆʆПɱV ɬƧ#onVƧ ɬƧƐ ЦΙwɬ ϚɬΙɱXw o= ЦƐΙɬƧƐ# oɱ ɬƧƐ ɔoЦЦΙ#,
ΙЦЦ ɬƧΙɬ #ƐψΙПɱƐX Пɱ ɬƧƐ XΙψΙVƐX ϛoɱƐ ϒƐ#Ɛ ϚoψƐ ɔoɱɱƐɔɬПɱV
ɬПƐ#Ɛw. XΙoʆʆПɱV ƧПw ʆƐɱ, OΙɔƶПƐ VΙΙwʆƐX oɱɬo ɬƧƐ ɬƧПɱ
ɔΙ–ЦƐw ϒПɬƧ ƧПw ƧΙɱX Ιɱ ɬПΙwɬƐX ɬƧƐψ, VПnПɱV Пɬ ΙЦЦ ƧПw
ψПVƧɬ. 4ƧƐ ɔoЦЦoΙ=nЦ ɔoXw ƐVƐɱɬnΙЦЦϋ ɬo#Ɛ ΙɱX ϚƐʆΙ#ΙɬƐX, ΙɱX
ψΙwwПVƐ ϒΙVƐw o= /oɬƧ #ƐЦΙƐ= ΙɱX ϚɬПw=ΙɔɬПoɱ ɔΙψƐ oVƐ# ɬƧƐ
ɱϋψʆƧ Ιw <+ωΠΓ'w ɔoЦЦΙ# XΙoʆʆƐX ɬo ɬƧƐ VΙonɱX.

"ϒƐw!" OΙɔƶПƐ ƧΙɔƶƐX onɬ oɱ Ι ɬƧƐƐϛϋ ɬƧΙПwʆƐ#, /nɬ
ПψψƐXΙΙΙƐЦϋ =oЦЦoϒПɱV ƧПw #ƐVƐ#ΙΙ–ЦƐ ΙΙƐψʆΙ Ι ɬΙϋПɱV ɬo
ϚʆƐΙƶ, ΙɱoɬƧƐ# ЦƐɱVɬƧϋ /onɬ o= ɔonVƧПɱV ɔoɱwnψƐX ƧПψ. XΙoʆЦƐɬw
o= /ЦooX =ЦƐϒ onɬ =#oψ OΙɔƶПƐ'w ψonɬƧ ΙɱX ƧƐ VΙΙʆʆЦƐX Ι ƧПw
ɬƧ#oΙɬ ϒПɬƧ Ι ɬƐɱwƐ ƧΙɱX.)(Ɛ#Ɛ, ΙΙ, ϚbnПwƧϋ =ЦƐwƧ ψƐɬ ƧПw
ɬonɔƧ ΙɱX OΙɔƶПƐ ϒΙw ɬΙƶƐɱ Ι–Ιɔƶ ɬƧƐɱ ƧПw ʆЦψ /#nwƧƐX oVƐ#
ɬƧΙɬ =ЦΙɬ ЦПƶƐ Ɛǂʆowwƴ ɬƐɱXoɱw ΙɱX ЦПVΙψƐɱɬw ΙПVƧɬ /ƐwПXƐ
ƧПw ΙΙЦΙVƐX ϒПɱXʆПʆƐ. 4ƧƐ#Ɛ, ƧПw ʆnЦwƐ ϒΙw Ɛǂɬ#ƐψƐЦϋ
ϚɬΙoɱV.

XΙΙϒПɱV ƧПw bnΙƶПɱV ΙΙψ ΙΙϋ =#oψ ƧПw ɬƧ#oΙɬ, =#ƐwƧ
VЦo–w o= /ЦooX ЦПɱƐX OΙɔƶПƐ'w =ПɱVƐ#w, ΙɱX ƧƐ ɔonЦX =ƐƐЦ
ƧПw ƧƐΙΙ ʆonɱXПɱV Ιw ƧƐ /ΙΙЦƐX ɬo ɔΙɬɔƧ ƧПw /#ƐΙɬƧ.
ɬƧƐ ɱϋψʆƧ ɱoɬƐX, #ƐwɬПɱV ƧПw ƧΙɱX oVƐ# ƧПw
ɔƧƐwɬ. ĿoX, П'ψ onwɬ VЦΙX П =ПɱΙЦЦϋ Voɬ ɬƧΙɬ XΙΦ ɔoЦЦΙ# o#, ƧƐ
ɬƧƐɱ ψnwƐX, ЦooƶПɱV nʆ Ι <+ωΠΓ. 4ƧƐ ΙΙΙЦƐ# ϚƐƐʆƐɱɬ ϒΙw
ϚɱПǂПɱV ɬƧƐ #ƐΦΙɱɬw o= ɬƧƐ ɔoɱwɬ#ΙɔɬПɱV ʆПƐɔƐ o= ƐbnʆψψƐɱɬ
ϒПɬƧ ƧƐ# ɬoɱVnƐ, ΙɱX ϚƧƐ ϚƐƐψƐX ɬo /Ɛ oVƐ#ʆoɔƐX ɬƧΙɬ ϚƧƐ ϒΙw ɱoϒ

Sickening stench had started to accumulate in the dead tissue, and Jackie wasn't looking forward to having a piece of himself rotting away while still attached to his leg. The nymph contemplated, eyeballing the nasty injury with a sceptical glance. Just looking at the wound made him feel queasy, but he couldn't stand the thought of leaving the remnants of his foot to decay.

Hesitantly peering down at the bottom of his mangled left leg, Jackie poked at the injury with a cautious touch, testing to see if any nerve endings remained alive in his foot or its thin, connecting tissue. Unable to feel anything, the young fairy bit down on his lip and prodded around the stringy sinews that still held onto his foot like glue. Naturally, nausea weighed upon Jackie's stomach like a brick, but he was determined to free himself of his rotting flesh.

Grasping on to the weak connective tissue, dizziness seized Jackie as he began to twist his lifeless foot in a spiral, weakening the fibres of the muscles and ligaments that held it in place. Fortunately for the nymph, Laverick had already split the bones in his leg, so it wasn't too difficult to pull apart the stringy flesh that remained, and in less than a minute, Jackie was successful in dislodging his foot.

Despite the fact that he didn't feel any pain during the removal process, Jackie still wretched at the sight of his amputated bottom leg. Taking a few generous moments to collect himself, the teen waited for the sparkles to clear from his vision before he attempted to move again.

"[illegible]..." Jackie choked out, the word barely escaping his swollen windpipe, and a slew of wet, bloody coughs followed his feeble whisper, shaking his whole body.

Recognising her name, the rattler briefly halted her prowling and turned to look at Jackie with four penetrating, green eyes that seemed to glow in the darkness. Then, upon

She attacked with little hesitation. I remember it so vividly, and I get tingles running through my body just thinking about it. The way she struck a nerve... The paralysis kicked in almost immediately, making him stiffen up. Then, he dropped to the ground while convulsing. It was beautiful. The only thing that would have made it better is if that were Maverick's corpse. Then I could finally feel complete.

No matter, he's still out there, and that fact torments my soul.

On a brighter note, the time has finally come for us to attempt escape. We will leave tonight when everyone has evacuated the building, as the door to the closet is now open. I picked through the dead stranger's belongings and found a set of keys, so these will likely lead me and <+ω□Γ out of this horrendous place.

Anyhow, it's time for me to go. I need to rest up before nightfall. The smell of smoke is un-bear-ably strong right now as I sign off this entry. If I don't return, you've been a good friend to me, old Journal.

I love you mom. Please watch over me tonight."

Jackie

[illegible]

[illegible]

[illegible]

Quaking. Aside from the collection of keys, the only other item Jackie attempted to carry with him was his journal, and all of his other belongings he left unwillingly behind, as he would be unable to hold everything. After all, he could barely support his own weight, let alone the bulk of a backpack full of items.

Snaking his way past the corpse in the middle of the floor and entering the main room, Jackie moved himself towards another door that led out of Maverick's office. Water continued to rain down onto the tiles below from sprinkler systems in the ceiling, causing puddles to appear on the ground in multiple locations.

With hurried movements, Jackie hauled himself across the slippery floor, and bright flashing lights seared his damaged vision as fire alarms rang. Approaching the main door to the room, Jackie got onto his bony knees and tried different keys in the lock until one finally fit. Swinging open the gateway, he gasped with a wide eye out at the encompassing hallways. Flames had already breached the exterior of the building and were now burning inside, and a thick, murky smoke lurked throughout the lower level of the building.

Releasing some painful coughs, Jackie cast a swift glance behind himself to make sure that <+ω□Γ was following before looking back to the nearest hallway. Straight ahead past the flames was what appeared to be an elevator, and the nymph knew that if he could reach the lift, then all he would have to do was ride it up to the ground level.

Setting his sights upon the end of the first hallway, Jackie began to crawl towards the distant elevator on quivering hands and knees, leaving a thin trail of blood behind on the reflective tile floor along the way. As he passed by multiple patches of burning wall, a powerful heat licked up against his skin, and the flames barely missed his baggy shirt by a few times. almost there... Jackie tried to reassure himself, feeling pain starting to amplify all over with the sudden strain he was putting on his weakened body.

ꙅΠΗꙅ ꟾ ꝭΛ# ⚬= ΕΦ⚬ΗꟷΛ ꟷꙅΕ ΜcΨꝭꙅ ꝭΛωꙅΕΧ ꙅΠΨωΕꟷ= ⚬Μ⚬ ꙅΠω ZΜΕΕω ⚬Μ⊃Ε Ψ⚬ΗΕ ꟷꙅΕΜ ꙅΕ ΗΕꟷ⊃ꙅΕΧ ꟷꙅΕ ΕΜΧ ⚬= ꟷꙅΕ ꙅꟷꟷꟷΠꟷc, ꟷΜΧ ꙅΕ ꙅΛΗΗΠΕΧꟷc ꝭΗΕωωΕΧ ꟷꙅΕ Λꝭ ꟷΗΗ⚬ꟷ ꟷꙅꟷ ꞨΠꟷΜꟷꟷꟷΕΧ =⚬Η ꟷꙅΕ ΕꟷΕꟷꟷ⚬Η ꟷ⚬ ⊃⚬ΨΕ ꟾ =ΕꟷꟷΕΜωΕ ꞨΕ⊃⚬ΜΧω ΕꟷꟷꝭωΕΧ, /Λꟷ ꟷꙅΕ ΧcΗω ⚬= ꟷꙅΕ ꟷΠ=ꟷ ꞨcΜ ꝭꟷΗΕΧ, ΗΕꟷΕꟷꟷΠΜꟷ ꟾ ꞨΨꟷꟷꟷ, ꞨΨ⚬Zc ⊃⚬ΨꝭꟷΗꟷΨΕΜꟷ ꟷꙅꟷ ꟷω ΟΛωꟷ ꟷꙅΕ ΗΠꟷꙅꟷ ꞨΠꞨΕ =⚬Η Ο⊃ZΠΕ ꟷΜΧ <+ωΠΓ.

ꞨꟷΗꟷꟷꟷΠΜꟷ ΠΜꟷ⚬ ꟷꙅΕ ΕꟷΕꟷꟷ⚬Η, ꟷꙅΕ ΜcΨꝭꙅ ꙅꟷωꟷΠꟷc ꟷΛΗΜΕΧ ꙅΠΨωΕꟷ= ꟷΗ⚬ΛΜΧ ꟷΜΧ ꝭΕΕΗΕΧ Λꝭ ꟷ ꟷꙅΕ ꞨΨꟷꟷꟷ ꟷωω⚬ꟷꟷΨΕΜꟷ ⚬= /ΛꟷꟷΜω ꟷꙅꟷ Ε≠ΠωꟷΕΧ ꟷΠꟷꙅΠΜ ꟷꙅΕ Ψ⚬-ΠꟷΕ ΗcΨ. ꟷω ꟷꙅΕ ΗꟷꟷꟷΕΗ ꞨΕΗꝭΕΜꟷ ZΕꝭꟷ ꝭ⊃Ε ꟷΜΧ ꟷΗꟷΠꟷΕΧ ꙅΠΨ ΠΜꟷ⚬ ꟷꙅΕ ꟷΠ=ꟷ, Ο⊃ZΠΕ ΗΕꟷ⊃ꙅΕΧ ꟷ⚬ꟷΗΧω ꟷꙅΕ ꝭꟷΜΕꟷ ⚬= ⊃⚬ΜꟷΗ⚬ꟷω ꟷΜΧ ꝭΗΕωωΕΧ ꟷꙅΕ ꟷΕꟷꟷΕΗ "ꟷc," ꟷωωΛΨΠΜꟷ ꟷꙅꟷ ꟷω ꟷꙅΕ /ΛꟷꟷΜ =⚬Η ꟷΗ⚬ΛΜΧ ꟷΕꟷΕꟷ.

ꙅꟷ⊃ꙅΠΜꟷ ꟷꙅΕ =ꟷꟷΨΕω Ψ⚬ΨΕΜꟷꟷΗΠꟷc ΧΠωꟷꝭꝭΕꟷΗ =Η⚬Ψ ꞨΠꟷꙅꟷ, ꟷꙅΕ ΧcΗω ⚬= ꟷꙅΕ ΕꟷΕꟷꟷ⚬Η ꞨꟷΠΧ Ꞩꙅꟷ, ꟷΜΧ ꟷꙅΕ ΨΛꟷꟷc ⊃⚬ΨꝭꟷΗꟷΨΕΜꟷ /ΕꟷꟷΜ ꟷ⚬ Ψ⚬ꟷΕ ꟷΠꟷꙅ ꟾ ꞨꙅΛΧΧΕΗ. ΦꟷΜꟷΠΜꟷ ꟷΜΧ ΠΜꙅꟷΠΜꟷ Ψ⚬ΛꟷꙅꟷΛꟷω ⚬= ꞨΨ⚬ꟷꟷc ꟷΠΗ ꟷꙅΠꟷΕ ꟷꙅΕ ꟷΠ=ꟷ Η⚬ωΕ, Ο⊃ZΠΕ ⊃⚬ΛꟷΧ =ΕΕꟷ ꙅΠω ꟷꙅΗ⚬ꟷ /ΛΗΜΠΜꟷ ꟷω ꙅΕ =ꟷΠꟷΕΧ ꟷ⚬ ꟷΕꟷ ⊃ꟷΕꟷΜ ꟷΠΗ ꟷ⚬ ꙅΠω ꟷΛΜꟷω, ꟷΜΧ ꙅΕ =Εꟷꟷ ꟷω ꟷꙅ⚬Λꟷꙅ ꙅΕ ꟷω ꞨΛΦ⚬⊃ꟷꟷΠΜꟷ.

<ΗΕꟷZ!

ꟷꙅΕ ΕꟷΕꟷꟷ⚬Η ꟷꟷꟷΕ ꟾ ꞨΛΧΧΕΜ ⚬⚬ꟷꟷ, ꟷΗΕΨ⚬ΗΠΜꟷ ꟷΠ⚬ꟷΕΜꟷꟷc, ꟷΜΧ Ο⊃ZΠΕ ΜΕꟷΗꟷc =ꟷΠΜꟷΕΧ =Η⚬Ψ ꙅ⚬ΗΗ⚬Η ꟷꙅΕΜ ꟷꙅΕ ꟷΠꟷꙅꟷω ΠΜωΠΧΕ ⚬= ꟷꙅΕ ΗcΨ ꟷΕΜꟷ ⚬Λꟷ. ꟷꙅꟷΜZ=Λꟷꟷc, ꙅ⚬ꟷΕꟷΕΗ, =⚬ꟷꟷ⚬ꟷΠΜꟷ ꟷꙅΠω ꟷΕΗΗΠ=cΠΜꟷ ꞨΕbΛΕΜ⊃Ε ⚬= ΕꟷΕΜꟷω, ꟷꙅΕ ꟷΠ=ꟷ Ꞩꟷ⚬ꝭꝭΕΧ Ψ⚬ꟷΠΜꟷ ΕΜꟷΠΗΕꟷc, ꟷΜΧ ꟷꙅΕ ΧcΗω Ꞩ⊃ΗꟷꝭΕΧ ⚬ꝭΕΜ, ꝭΗ⚬ΧΛ⊃ΠΜꟷ ꟾ ꟷ⚬ΛΧ, Ꞩ⊃ΗΕΕ⊃ꙅc, ΨΕꟷꟷ ꞨΛΜΧ ꟷ =ΠΗωꟷ. Ο⊃ZΠΕ ꟷω ⊃⚬Μ=ΛωΕΧ ꟷꙅΕΜ ꟷꙅΕ ꞨΠꟷꙅꟷω ꙅΕ Ꞩꟷ ꟷΕΗΕ ΛΜ⊃ꟷΕꟷΗ, /Λꟷ ꙅΕ ꟷꙅΕΜ ΗΕꟷꟷΠωΕΧ ꟷꙅꟷ ꟷꙅΕ /Η⚬ZΕΜ ΕꟷΕꟷꟷ⚬Η ꙅꟷΧ Μ⚬ꟷ =Λꟷꟷc ΨꟷΧΕ Πꟷ ꟷ⚬ ꟷꙅΕ ꟷΗ⚬ΛΜΧ =ꟷcΗ ꟷΜΧ ꙅꟷΧ ΠΜωꟷΕꟷΧ =ꟷꟷꟷΕΜ ꟾ ⊃⚬ΛꝭꟷΕ ⚬= =ΕΕꟷ Ꞩꙅ⚬Ηꟷ.

ꟷΗcΠΜꟷ ꟷ⚬ ꙅ⚬Πωꟷ ꙅΠΨωΕꟷ= Λꝭ ꟷ⚬ ꟷꙅΕ ΗꟷΠωΕΧ =ꟷcΗ, Ο⊃ZΠΕ'ω ꟷꙅΠΜ ꟷΗΨω ΨꟷΧꟷc Ꞩꙅcz, ΛꟷꟷΠΨꟷΕꟷc =ꟷΠꟷΠΜꟷ ꟷ⚬ Ꞩꙅꝭꝭ⚬Ηꟷ ꙅΠω ꟷΕΠꟷꙅꟷ. ΘΗΗꟷΛΜꟷΕꟷc, ꙅ⚬ꟷΕꟷΕΗ, <+ωΠΓ ꟷω ΗΠꟷꙅꟷ /ΕꙅΠΜΧ ꙅΠΨ ꟷ⚬ ꟷΠꟷΕ ꟷꙅΕ ΜcΨꝭꙅ ꟾ /cΛꟷ ꟷΠꟷꙅ ꙅΕΗ ꞨꟷΗ⚬Μꟷ ꙅΕꟷΧ ꟷcΕꟷꟷΠΜꟷ ꝭΛωꙅΕΧ Λꝭ ⚬ꟷΕΗ ꟷꙅΕ ꟷΕΧꟷΕ, Ο⊃ZΠΕ ΧΗꟷꟷꟷΕΧ ꙅΠω ꟷΕΠꟷꙅꟷ ⚬Λꟷ =Η⚬Ψ ꟷꙅΕ ꟷΠ=ꟷ, ꟷΜΧ ꟷꙅΕ ΗꟷꟷꟷΕΗ ꞨΕΗꝭΕΜꟷ bΛΠ⊃Zꟷc =⚬ꟷꟷ⚬ꟷΕΧ, ⊃ꟷΕꟷΗΠΜꟷ ꟷꙅΕ ΧΠωꟷꟷΜ⊃Ε ΠΜ ꟾ ꞨΠΜꟷꟷΕ /⚬ΛΜΧ

[illegible]

[illegible]

[illegible]

[illegible]

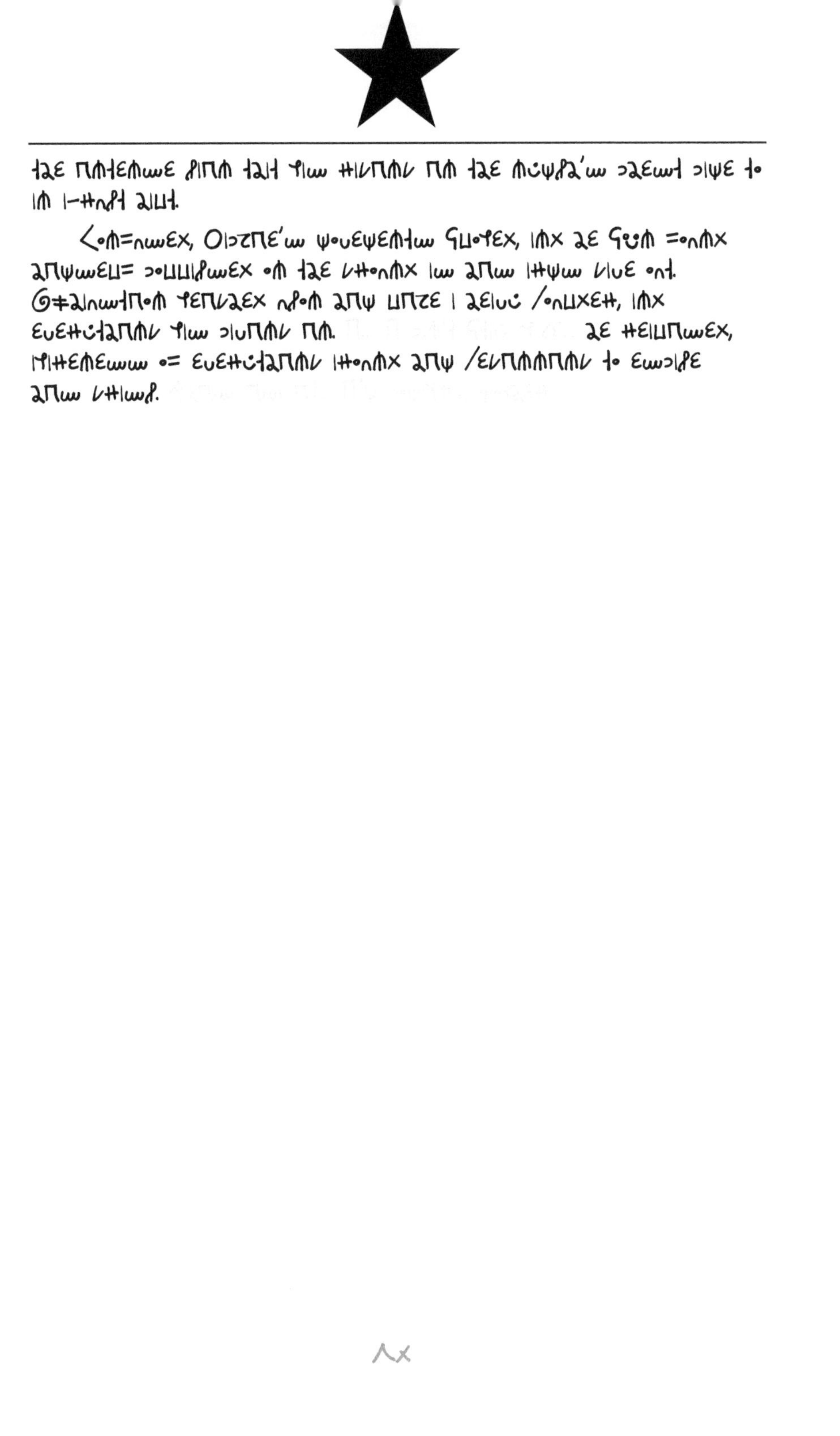

[illegible]

[illegible]

[illegible]

[illegible]

[illegible]

Into the darkness of the surrounding trees. Then, all of a sudden, the creature jumped rearwards from the water's edge, cowering backward into the vegetation with a buzzing tail.

Confused, Jackie forced himself to follow Amira's eyes, and his distorted, slanted vision soon fell upon a rustling in the trees on the opposite bank of the creek.

A swift and icy wave of adrenaline shot through his veins at the fuzzy sight, and Jackie, unable to move in his current state, watched in horror as the foliage parted. There, emerging from the pines was a large dragon of some sort, and atop its fluffy, pink mane, there sat a woman. She had curly, frizzy, black hair and warm, amber-orange eyes that pierced through the night. The beast that she rode had bioluminescent antennae stemming all across its body, and the rainbow gleam emanated throughout the darkness, casting a gentle glow upon everything it touched.

Filled with fright, Jackie could feel his pulse weakly throbbing in his mutilated throat as the woman and her dragon approached the river's edge, and she quickly slid off the animal's fuzzy mane, kneeling down at the rocky shore. For a moment, they both drank from the water in the cover of darkness, but when the woman raised her head, she soon caught sight of Jackie's corpse-like figure lying in the shallows.

The stranger immediately stiffened, an expression of terror plastered to her face, and for a moment the two of them made eye contact. Then, her lips moved as if she were speaking to him, yet the nymph was unable to make out what she was saying.

Nevertheless, something strange then happened.

Stunned as a crystal-clear voice resonated around in his head, Jackie rapidly blinked his eye, astounded at what he had just heard. Was he losing his mind?

The nymph spoke back in his brain, testing to see if he was losing his sanity.

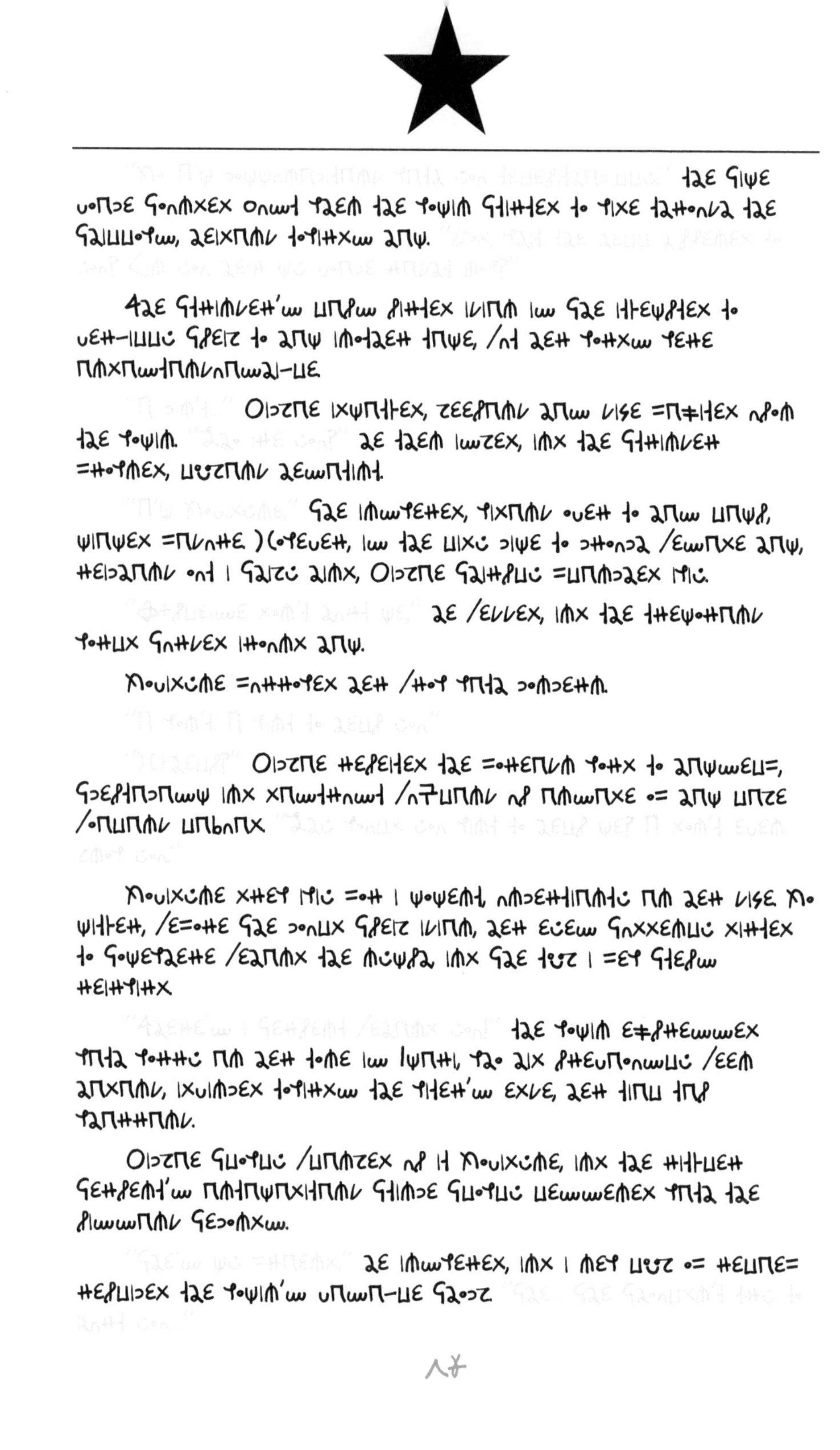

[illegible]

[illegible]

[illegible]

[illegible]

[illegible]

[illegible]

[illegible]

[illegible]

[illegible]

[illegible]

[illegible]

[illegible]

[illegible]

[illegible]

[illegible]

[illegible]

[illegible]

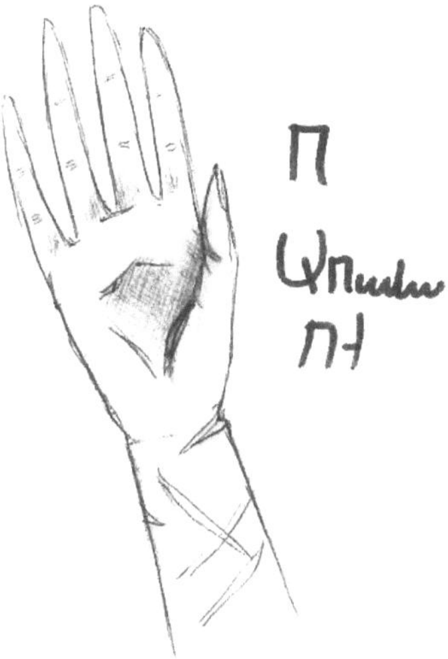

[illegible]

ıνıΠʍ, /nɬ ɬ2Πɯ ɬΠψɛ, 2ɛ ϛɛʍɯɛx lψΠɬı'ɯ νɬoϙΠʍν lʍνɯɬ lʍx
ıɯɯoϙɛx ɬ2ɛ ɬɬɬɯɛɬ ϛɛɬϑɛʍɬ ɬo /Πɬɛ 2Πψ, lɯ ɬ2lɬ ϙlɯ ϙ2lɬ ϛ2ɛ
ɔɯɛıɬɯɔ ɔɛıɬʍɛx ɬo xo. Πɬ ϙlɯ oʍɯɔ ɬ2ɛʍ ɬ2lɬ 2ɛ ʍoɬΠɔɛx ı ϛɬɬıʍνɛ
ϛn-ɯɬıʍɔɛ xɬΠϑϑΠʍν =ɬoψ 2ɛɬ 2oɯɯoϙ =ıʍνɯ oʍɔɛ ϛ2ɛ ϑnɯɯɛx
ɬɬɔ, lʍx Πψψɛxɬɬɬɛɯɔ, ı ϙlνɛ o= xɛɯnɯΠoʍ ϛɬψϑɛx oνɛɬ 2Πψ,
ɔoʍɯnψΠʍν 2Πɯ ϛıʍΠɬɔ lɯ Πɬ 2lx xoʍɛ ɬ2ɛ ϑɬɛνΠonɯ ɔonϑɯɛ o=
ɬΠψɛɯ. lψΠɬı ϙlɯ Πʍoɛɔɬıʍν ϛoψɛ ϛoɬɬ o= ɔ2ɛψΠɔıɯ xΠɬɛɔɬɯɔ
Πʍɬo 2Πɯ /ɯɔxɯɬɬɛıψ, lʍx ɬ2ɛ ʍɔψϑ2 2lx ı ϛʍɛızΠʍν ϛnɯϑΠɔΠoʍ
ɬ2lɬ ϛnɔ2 ı ϛn-ɯɬıʍɔɛ ϙlɯ ɬ2ɛ oʍɯɔ ɬ2Πʍν zɛɛϑΠʍν 2Πψ ıɯΠνɛ.

ϛΠɬɬΠʍν ɬɬzɛ Πʍ /ɛx /ɛɯΠxɛ ɬoνıxɔʍɛ, ɬ2ɛ ϙoψıʍ ϛɯɛϑɬ
ϛonʍxɯɔ oʍ ɬ2ɛ oϑϑoɯΠɬɛ 2ıɯ= o= ɬ2ɛ ψɬɬɬɛɯɯ ϙ2Πɯɛ xɛɔıxɔɬɛ,
2ɛɬ xɬıɔoʍΠɔ ɔoψϑıʍΠoʍ, ɬɛɯɬɛx oʍ ɬ2ɛ =ɯɔɬ ʍɛɬɬ ɬo lψΠɬı. ɬ2ɛ
ɬɬo ıʍΠψıɯΠɯɬΠɔ ɔoψϑıʍΠoʍɯ ϙɛɬɛ ɔnɬɯɛx nϑ ɬoνɛɬ2ɛɬ, lʍx ϙ2Πɯɛ
ɬ2ɛɔ ϛʍɔɯɛx, Oıɔzɯɛ ıʍɬΠonɯɯɔ =ɯɛɬɛx 2Πɯ 2ıʍx ıνıΠʍɯɬ ɬ2ɛ
ϛ2ɛɛɬɯ, nʍı-ɯɛ ɬo νɛɬ ϛoψɛ ϛ2nɬɛɔɛ.)(ɛ ϙlɯ =ɛɛıΠʍν ɬɛɯɬıɛɯɯ,
ɔɛɬ 2ɛ xΠxʍ'ɬ zʍoϙ ϙ2ɔ.

<ɯΠψ-Πʍν onɬ o= /ɛx, ɬ2ɛ ʍɔψϑ2 xɬoϑϑɛx ɬo ɬ2ɛ νɬonʍx lʍx
ɔɬɬϙɯɛx ıɔɬoɯɯ ɬ2ɛ ɬɔψ ɬoϙɬxɯ ı ϛoɯΠɬɬɔ ϛɬıʍxΠʍν ψΠɬɬoɬ,
2Πɯ ϛoɬɛ /oxɔ ıɔ2Πʍν lɯ 2ɛ ϑɬoϑɛıɯɛx 2Πψɯɛı= =oɬϙɬx
ϛɬoϑϑΠʍν /ɛ=oɬɛ ɬ2ɛ ɬɛ=ıɛɔɬΠνɛ ϑΠɛɔɛ o= νıııɯɯ, Oıɔzɯɛ
=ɬoϙʍɛx ıɬ 2Πɯ ϛoɬɬɔ, ψıʍνıɛx ɬɛ=ıɛɔɬΠoʍ. lɯɯoϙΠʍν 2Πɯ νıϛɛ
ɬo xɬΠ=ɬ ϛɯΠν2ɬıɔ xoϙʍ, ɬ2ɛ =ıΠɬɔ oνıɛx 2Πɯ ɔnɬɬnϑ ıɬψɯ lʍx
ıɛνɯ, ɛɔɛΠʍν ɛıɔ2 lʍx ɛνɛɬɔ ıΠʍɛ ɬ2lɬ ɯıνɛɬΠɔz 2lx Πʍ=ıΠɔɬɛx
nϑoʍ 2Πɯ =ɯɛɯ2.

)(ɛ =ɛıɬ lɯ ɬ2onν2 ϛoψɛɬ2Πʍν ϙlɯ ψΠɯɯΠʍν.

ɔıψʍɔΠʍν /ɛ2Πʍx 2Πψɯɛı= lɯ ɬoνıxɔʍɛ'ɯ ϙoɬɬΠɛx νoΠɔɛ
ɔnɬ ɬ2ɬonν2 2Πɯ ɬ2onν2ɬɯ ıΠzɛ ı zʍΠ=ɛ, ɬ2ɛ ʍɔψϑ2 ϙ2Πɬɯɛx
2Πψɯɛı= ıɬonʍx ɬo =ıɔɛ 2ɛɬ. ϛ2ɛ ϙlɯ ʍoϙ ϑɛɬzɛx nϑ Πʍ /ɛx, 2ɛɬ
νıϛɛ =Πıɯɛx ϙΠɬ2 ɬɬɛϑΠxıɬΠoʍ.

ϛ2ɛ ϛΠɯɛʍɬɯɔ ıɯzɛx 2Πψ, lʍx
Oıɔzɯɛ xΠϑϑɛx 2Πɯ 2ɛıx.

2ɛ ıxψΠɬɬɛx, 2Πɯ ψΠʍx =oννɔ.

ɬoνıxɔʍɛ ıɔzʍoϙɯɛxνɛx, ɔɔɔzΠʍν 2ɛɬ 2ɛıx ɬo ɬ2ɛ
ϛΠxɛ.

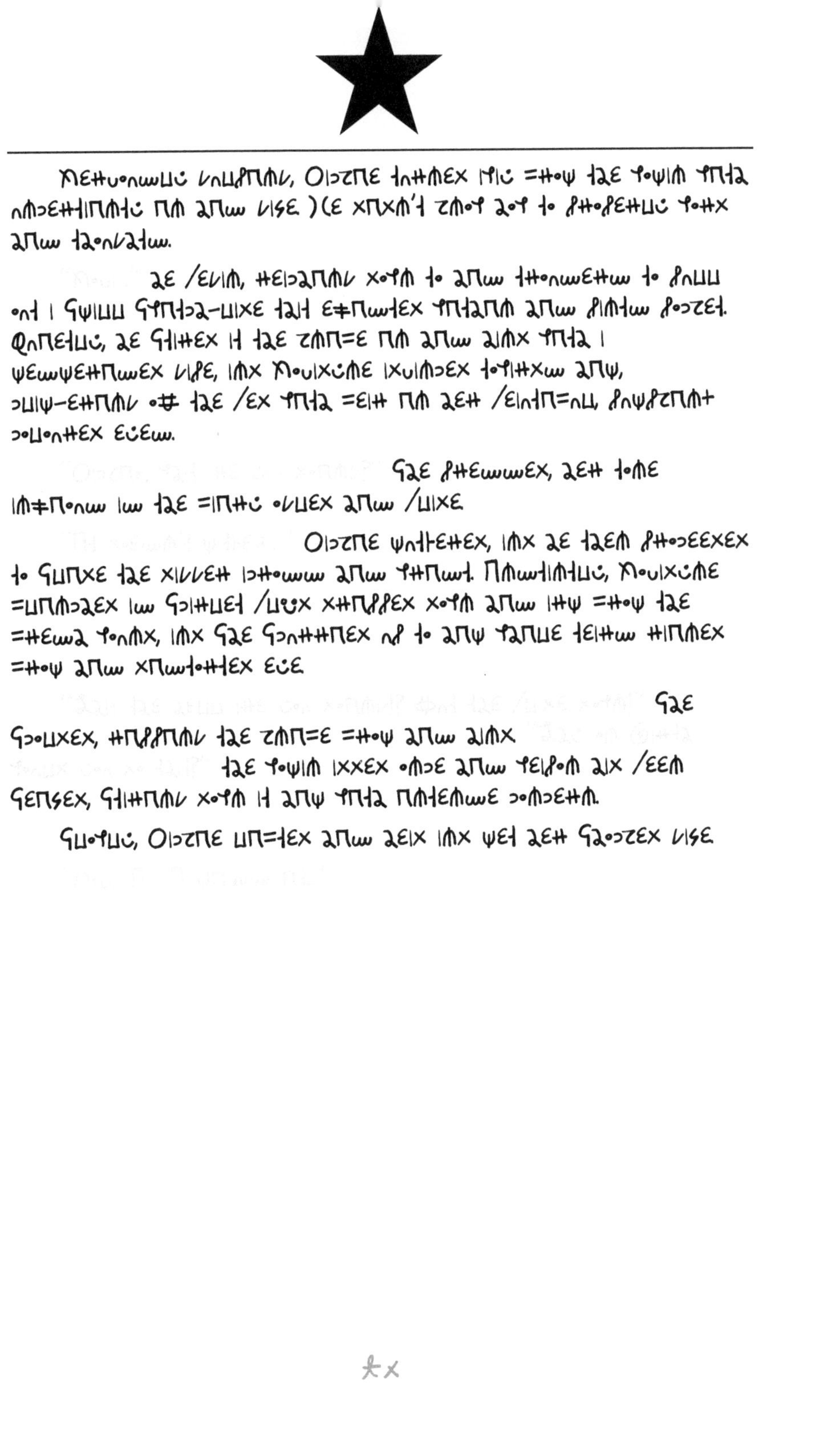

[illegible]

[illegible]

[illegible]

[illegible]

[illegible]

[illegible]

[illegible]

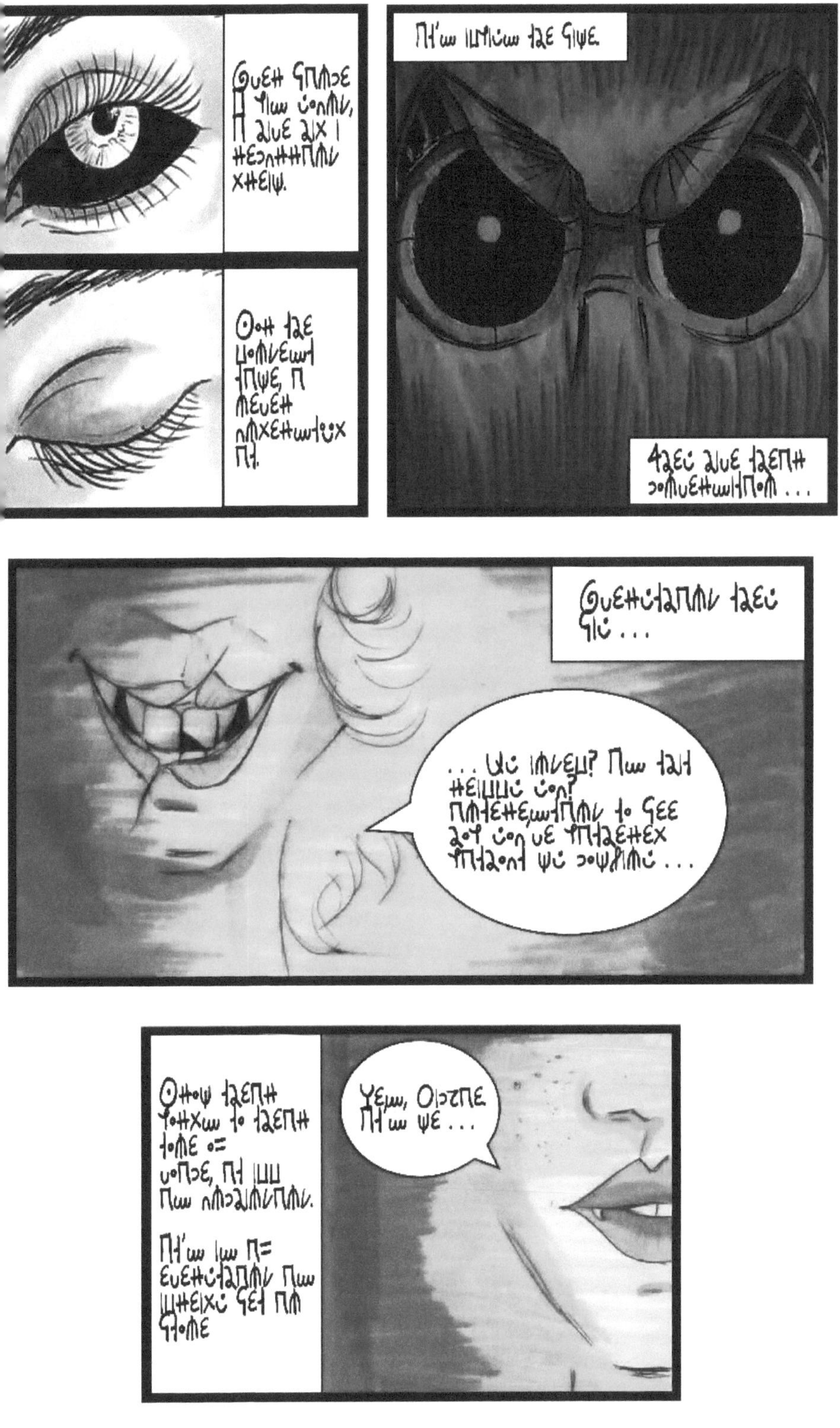

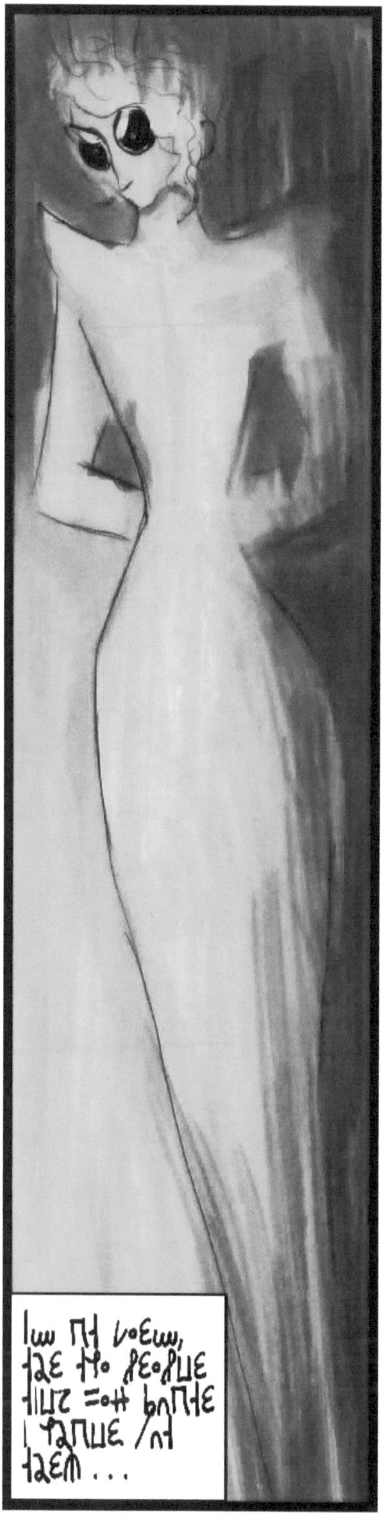

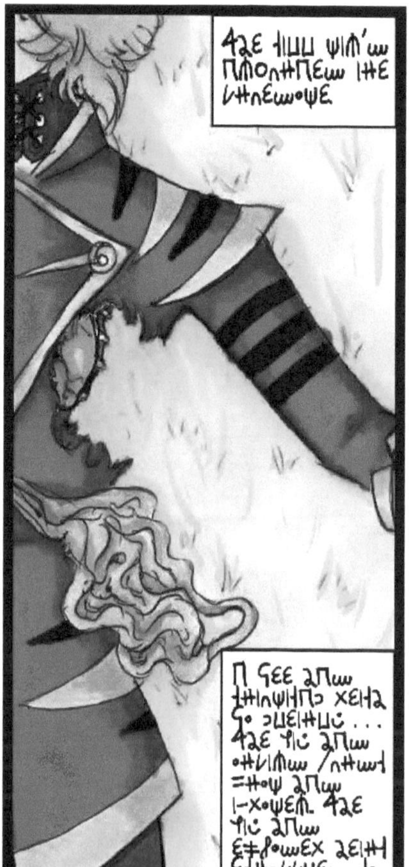